文芸社セレクション

わたしの中のトラウマ

～双極性感情障害の生い立ちと記録～

望月　とおこ

MOCHIZUKI Toko

文芸社

目次

第一話　始まり

それは突然やってきた。

穏やかな一日のはじまりに、私は涙ぽろぽろ、止まらなかった。

五月晴れ。木々のすき間から木漏れ日が差し込む。とても気持ちの良い日。花々は咲き誇り、鳥たちの鳴き声も聞こえてくる。

ゴールデンウィークが過ぎ、私はいつも通り朝四時半に起きた。高校生になったばかりの息子と、主人のお弁当を作り始める。昨夜の残り物＋《プラス》新たにメニューを考えておかずを作る。私は息子の体調次第でメニューを決めていた。息子は私に似て、お腹の調子が悪くなりやすかった。

私はけして料理が得意でもないし、好きでもない。むしろ大っ嫌いな方だ。だが下手でもいいから、なるべく手作りの物を食べさせたかったし、食べて欲しかった。

それは私が、母の味を殆ど知らないからだ。


我が家は六人家族で兼業農家。

息子は高校一年生で、主人共に体格が良い。娘は中学一年生になったばかりだった。その他に私の実父母と暮らしている。

洗濯機も最低二回程回す。農繁期には四～五回は当たり前。その間にお弁当作りや朝ご飯の支度をしていた。

私はパート勤めをしていたが、朝九時からの仕事だったので、時間に少し余裕があった。

通勤も車で二十分程度の場所。なので、子供たちや主人の見送りをしてからの出勤だった。

ごく普通の主婦の朝支度。主人や子供たちに、「行ってらっしゃい」と声をかけて、手を振りながら見送るのもルーティーン。

私はそんな毎日を、当たり前のように続けてきた。

主人は二交替勤務だ。

その日主人は夜勤明けで帰ってきて、私の実父母と一緒に朝ドラを見ていた。

朝ドラはちょうど、私たちの住む県内のシーンを放送していて、とても面白かった。

爽やかな朝。のどかな田舎町。普通の家庭、コーヒーの香り、楽しそうな笑い声…。


なのに私は涙ぽろぽろ…。

洗濯物を干しながら、なぜ自分はこうして一人忙しくしているのか、なぜみんなと一緒にテレビを見ながらコーヒーを飲んで笑っていないのか、なぜこんなに寂しくて孤独なのかと、虚しさがこみ上げてきた。


私は三姉妹の末っ子。姉二人は年子で、私とは年齢が五つ離れていた。

我が家は一般家庭よりも厳しく、親の意見は絶対で、自分の意見は言ってはいけなかった。両親共に聞いてはくれなかった。

祖母、伯母さん、使用人と同居で大家族。両親共に二交替勤務で兼業農家。いつも忙しく、学校での出来事も話したくても、話せる状況ではなかった。

朝起きると母は仕事に出かけていない。父は夜勤明けで寝ている。

もしくはその逆で、父が早番の時は母がおにぎりを作り父に持たせる。

それが父の朝ご飯。

そして母は畑に行き、少し農作業をしてから仕事に出かけて行った。

朝ご飯の支度は次女の仕事。次女は忙しい母の代わりにいつも早起きし、私や長女の面倒をみていた。

長女はとてもマイペースで、次女が朝寝坊の長女を起こす。そしてその後に祖母たちが起きてくるというパターンだった。


父は仕事以外は無関心で、私たちと遊ぶことなど殆どなかった。

学校の参観日や運動会、学習発表会にも来てくれたことはなかった。

時々父に来て欲しい。と言ったこともあるが、父は、

「うるさい！　それどころじゃない！」

と言って、私たちの希望には見向きもしなかった。

時々父の気が向いた時だけ、父のお気に入りの車でドライブ。それは父が本当に機

嫌の良い日で、特別気分上々の時には温泉や遊園地に行ったこともある。

しかしその他は両親の行きたい場所中心で、私たちは退屈していた。それに父は、いつ機嫌が悪くなるのか分からない。両親と遊びに行くとしても、いつも父の顔色を窺うクセが出ていた。


家業の農家と会社勤務で、父は常にイライラしていた。

父は要領があまり良くない。

会社の仕事を家に持ってきては、イライラしながら仕事をしていたし、かなりのヘビースモーカーでその臭いは家中に広がった。そして台所と茶の間（今のリビングルーム）は、タバコの煙でいっぱいになっていた。

父に学校の行事のことや集金のことなど、少しでも話かけると何も言わずににらまれた。それは無言の「話しかけるな！」という合図だと、すぐに分かった。


母は家事、会社、農業、趣味の踊りと着付けで、常に忙しすぎた。

大好きなお母さん、憧れのお母さん、沢山話がしたかった。が、祖母と伯母さんはとても意地悪で、母には八つ当たりをしたり見下したり、バカにしていた。

そんな姿を目の当たりに毎日過ごしてきた。

意地悪されているお母さんの邪魔をしてはいけないと、小さいながらもずっと思っていた。

そして少しずつ人の顔色を窺い、親の言うことを聞く「良い子」になっていった。

第二話　使用人A

大家族の中に、使用人Aがいるのは不自然ではなかった。

Aは男。そして喋る事が殆ど出来ない、知的障害者だった。そのことは私が高校生くらいになるまで、分からなかった。

Aは私が生まれるずっと前から同居していて、私の幼き頃いつも世話をしてくれた。両親がいなくてもAがいてくれたお陰で、寂しさも少し紛れていた。

保育園の行き帰りは、殆どAが送り迎えをしてくれた。手を繋いで歩いたり、タンポポのまだ蕾の状態の物を取っては親指でピン！　とはじき、蕾と茎を離していた。私はそれが魔法のように見えていた。

他には葉っぱを口にあてピーピーと笛のように鳴らしたり、笹舟を作り小川で流して見せてくれた。

父親参観では父の代わりに学校に来て、一緒に凧作りやしめ縄作り、竹トンボ、コマ回しなどをしてくれた。

Ａがくるみをトンカチで割った時は、私がくるみの中身をむいた。それもまた楽しかった。大きい形のままポロンとくるみの実が取れるとスッキリし、それが快感だった。

会話はなくてもお互い通じるものがあり、とても楽しかった。

お風呂に入るのもＡと一緒が多かった。

今の時代で考えると、とても恐ろしいことだったと思う。それは、あかの他人と二人きり裸で一緒にお風呂に入るのだから、とんでもない話だ。

しかしそういうことも平気な家庭環境であり、何とも思わない両親だった。

Ａは体や頭を洗ってくれたり、湯船につかる時はヒザの上に抱っこしながら、温めてくれた。

Ａはとても優しかった。

私の曾祖父は、牛や馬の売人であちこちに出かけ商売をしていた。

その時に遠く離れた場所で、言葉などあまり通じないけれど体格がよく、働き者の若者がいると人づてに聞き、Ａを家に連れてきたのだった。

Ａの実家でも知的障害で大食らい、話もろくに出来ないＡの存在を厄介者としていたので、曾祖父との話し合いは都合が良かったのだろう。

それからAは何十年もの間、我が家で暮らしながら家の手伝いをするようになった。

農作業の時には苗の植え直しをしたり苗を手渡したりした。

稲刈りをする時はコンバインが入るように、田んぼの四隅を手作業で稲刈りをした。

稲を干す為に木の棒で横長に干し場を作り、余った部分には、縄でブランコを作ってくれた。

私はAが友達みたいで好きだった。が、家では祖母や伯母さんの真似をし、母をバカにし罵るようになった。もちろん意味も分からずに、ただ純粋に真似をして会話をしていたのだと思う。

その姿を見て次女は、「母をいじめる悪い奴ら」と、Aも含めて思うようになった。

Aは姉二人とは左程遊ばなかったけれど、とにかく私とは仲が良かった。

特に印象に残っているのは、学校から帰ってきて小屋に行くと、薪ストーブを焚いて冷えた体を温めてくれたことだ。大きな手が私の小さな手を包み、それがとても温かかった。

ストーブの上にシューシューと鳴っているヤカンが置かれ、その湯気で小屋の中がものすごく暖かく、居心地が良かった。

時々ヤカンをよけてストーブの上にアルミホイルを敷き、みかんを焼いていた。その焼いたみかんはものすごくマズくて大笑いした。

その他にも小麦粉を水で混ぜ合わせ、笹の葉の上に乗せ焼いて食べたこともある。何もない乏しい時代、それは最高のおやつだった。

大判焼を焼く鉄の調理道具もあった。それには可愛らしい音符が描かれていた。

母が小豆を煮て残った小豆がある時は、Aがお手製大判焼を作ってくれた。けして美味しいとは言えない品だが、今思い返せばAの優しさが伝わる懐かしい味だ。それは寂しかった私にとってかけがえのない食べ物だった。


他に季節ごとに野山の遊びや食べ物を教えてくれた。

雑草の生い茂った場所にカマで雑草を刈りながら道を開き、アケビやカゴ（桑の実）、しゃご実、グミと取ってくれた。

秋はサツマイモを焼き、冬はスコップでかまくらを作ってくれたり、一緒に赤いソリで坂道を滑り楽しんだ。

私には数々の思い出がある。

そして年齢を重ねたある日、大人になった私が結婚をし子供がお腹の中にいた時、急に姿が見えなくなった時があった。

それは徘徊…。

私とAと二人で留守番をしていた時に起きた出来事だった。

私がちょっと目を離したスキに、どこかへ出かけていなくなったのである。

私は急いで両親に連絡し、私も近所の人たちも駆け付けてくれて、みんなで探し回った。

するとAは何事もなかったかのように、鍬《クワ》を担いで帰ってきた。

そのAに対して父は怒りをぶつけ怒鳴り散らした。

私は戻ってくれて良かったと、ただ思っていたが、両親からみれば世間体の方が気になっていたのだろう。

その後、水頭症が分かり入院。家に帰りたいと言い勝手に病院を抜け出して知らない道路を歩いていた。

病院着を着たまま裸足で歩いていたということもあり、見かけた人がすぐに警察に連絡してくれた。また徘徊…。
手術を無事に終え経過をみて家に帰ってきたが、その時にはAもかなりの高齢者になっていたし、私のお産も近いという理由で、施設に入居した。

施設には数回面会に行った。Aの好きな黒あめや、ひねり棒などを、施設の近くのコンビニで買い、手土産に持って行った。
施設の文化祭には毎年欠かさず行き、一緒に食事をしたり、Aの表情や作品、部屋を見たりしていた。

そしてある日突然、施設から危篤の知らせがあった。
父は鬼のような形相をし、他人だから家のお墓には一緒に入れないという理由で、Aの残りの人生を、施設の方と役所にお願いした。

私は長年に亘り家に尽くしてきたのに、こんな最期を迎えてしまったAに対して、申し訳ない気持ちになった。

両親の都合の良いように扱われ、時には罵られ、いくら言葉の理解が難しくても感情はあるはずだ。その感情、喜び、怒り、悲しみを上手く伝えられないAは、どんな気持ちだったのだろう。

現代も介護は難しい世の中だ。ましてや両親からしてみればあかの他人のAを、なぜ自分たちが世話をしなければならないのかと常々思っていた。

勝手に曾祖父が連れてきて、亡くなった後も面倒をみてやったのに…。と、両親はずっと思っていた。

世間からみれば、ずっと我が家に尽くしてきたのに、冷たい人たちだと思われていたはずだろう。

私も何とか出来ないものかと考えたが、私にはどうすることも出来なかった。

第三話　はだかの王様

父の意見は絶対的だった。どんなに自分の意見を言いたくても、聞き入れてくれる術《スベ》はなかった。我が家では不可能に近かった。

「黙ってオレの言うことを聞け！　オレが言うことは間違いない！」

それが口グゼだ。高齢になった今でも全く変わらない。


父は六人兄妹の末っ子。一番上が同居している伯母さんだ。同居の伯母さんを始め姉たち、少し離れた兄が一人。そして父。

祖母は一人っ子で、東京の女学校に通っていた。

我が家は一般家庭より少しだけ、裕福だった。

曾祖父の家畜の売り買いの仕事、農業、牛、山羊、ニワトリを飼っていたので、食べる物にも左程困ることもなかった。

当時にしてはものすごいことで、他人から見れば羨ましい話だっただろう。

祖母は祖父とは知人の紹介で結婚し、祖父は婿養子となった。その間に六人の子供を授かったのである。

しかし東京大空襲が起き実家に疎開。祖父は空襲で亡くなった。

少し裕福だった我が家にも、大変な時代が訪れる。

祖母は食べる物にも必死で、六人の子供たちを育てながら何とかその日暮らしをしていた。

祖母は子供たちそれぞれに手に職を付けさせ、食べていけるように学校に行かせた。

殆どの姉たちは東京暮らし、兄は教員、そして父は東京の某有名大学に進んだ。

父は頭は良いが、人とのコミュニケーションを取ることが苦手で協調性がない。

一人大きなボロ家に残されそれが嫌で必死に勉強し、皆と同じ東京暮らしをしたかったのだ。

勉強も教科によって得手不得手とあった。国語は特に苦手だったらしい。

得意な教科は数学と社会。今でも歴史の話を始めたら、こっちが、

「もうやめて！　聞き飽きた！」

と言っても全く無視。自分の気が済むまで話さなければ、機嫌が悪くなる。

まるで子供のようだ。

体育もまあまあ得意だったらしい。

かけっこや水泳は苦手だが相撲だけは得意で、授業を抜け出しては一人で大木相手に相撲をしたり、木の棒を振り回しチャンバラごっこをしていた。

コミュニケーションは苦手でも勉強は出来る。

大学でも一人黙々と勉強し、成績は科目によってバラバラだったが良い方だった。

しかし大学生活は順風満帆でも、東京に行っても食べる物に困り、姉たちの家を転々と寝泊まりさせてもらっていた。

姉たちも個性があり、一番上の姉、つまり後に同居する姉は教員になっていたが既に結婚していたので、父を追い返した。その時の恨み、憎しみを父は一生抱えていく。

他の姉たちは、貧しいながらも少しなら…。と言い、食べ物を分けてくれたり寝泊まりさせてくれた。

たった一人の兄は自分のことで精一杯。後に教員になる。

貧しい暮らしでも父にとっては、東京暮らしは楽しかった。口うるさい母（祖母）

から離れられ、アルバイトをしながら自由を手に入れた。

新聞配達やら牛乳の配達をし、そして大学生活を楽しみ、また、芸者遊びも覚えた。

そんなある日、突然祖母から家業の農業を継いで欲しいと連絡があった。父は呆然としただろう。

なぜ沢山兄妹がいるのに、兄もいるのに末の自分が家業を継がなくてはならないのか、腹わたが煮えくり返るような怒りを覚えた。

そして、せっかく苦労して入った大学を辞め、実家に帰ったのである。

東京での楽しい生活は、二年半足らずで終わった。

父は家に帰ってきてから、これからは農業だけでは食べていけない時代になると思い、大型トラックの運転手を始め色々な仕事をし、最終的には二交替の会社に入った。

近所の人たちからは、父は変わり者だから農業以外の仕事をしているとバカにされた。

当時は農業、百姓が一番と思われている時代だった。

父が家に帰るともう逃げられないようにと、祖母はすぐに、母をお金とお米と引き換えに嫁にもらった。

父は美人な母に一目ぼれをし、直ぐに結婚。父が二十三歳、母は十九歳の時である。


その後当時住んでいたボロ家は、父の会社勤めと農業で大きな家が建った。

年中虫だらけ、蛇やネズミが家の中に入るのもだいぶ少なくなった。

その家で私たち三姉妹は育った。


当時は近所の家よりも大きく、三階建ての立派な家だった。

玄関を入り右側には洋室の客間があり、シャンデリアと白いテーブルとソファがあった。父の自慢の部屋である。

当時にはとても珍しい部屋で、近所の人たちもさぞ羨ましかっただろう。

二階の廊下には卓球台があった。東京に住む伯母夫婦、従姉妹たちが夏休み期間泊まった時、よく遊んでいた。

それは一ヶ月位続いた。

父はそれが許せなかった。

必死になって建てた家に、当たり前のように大勢で長期間滞在し、食事代なども払わず平然と過ごしていく兄妹たちに腹が立った。

時には、

「いつまでいる気だ！　早く帰れ！」

とケンカしたり、

「長くいるなら金を払え！」

と言ったり、私は子供ながらに凄まじい光景を目の当たりにした。


伯母、従姉妹たちは、祖母がお金持ちだと思い、父の目を盗んでは祖母から現金をもらうこともあった。もちろんそんなことはすぐにバレる。

でもそれが毎年恒例の行事になっていた。

祖母が亡くなった時、財産分与で揉めた。しかしその時の祖母の通帳は既に残高が乏しく、現金は殆どなくなっていた。祖母は、「お金持ち」と見栄を張って、伯母や従姉妹たちに現金を渡していた。

両親と伯母夫婦とのいざこざも、私にとっては耐えられない光景だった。

父はとても頑固だ。誰が何と言おうと人の話は聞かない。

会社勤めも上司と部下の間に挟まれ、大変だったと思う。

家では「大黒柱」といばり散らし、母も淑《シト》やかに従っていた。

「ウチは貧乏だからね。お父さんのお陰で食べさせてもらっているんだよ。だから我慢するんだよ」

と、お肉を焼いてもお刺身でも、私たち三姉妹は一切れずつで、父は残りを全部食べていた。もうそれが当たり前だったから、左程羨ましいとは思わなかった。

おかずがない時は、ご飯にソースやマヨネーズをかけて食べていた。

袋ラーメンも父だけの物だったが、内緒で次女が一袋作ってくれて、三人で分けて食べた時もあった。

父の意見は守る。怒鳴られても我慢する。八つ当たりされてもじっとこらえ辛抱する。

いつしか父は家でのみ「はだかの王様」になっていた。

第四話　複雑な三角関係

母はとても貧乏な家で育った。

母は腹違いの兄を含めて六人兄妹だ。

母の最初の母親はとても体が弱く、一人出産後すぐに病気になり亡くなった。

そして母の母親（私からの血縁は祖母に当たる）はその妹であり、姉の旦那さんと結婚したのである。

そういう話は、当時はごく普通のことだった。

母は四番目の次女。年齢の離れた兄姉たちは働き、母はすぐ下の妹と十歳離れた妹の面倒を見ながら、学校に通った。

母の父はお酒と博打好きで、私の母の母親が必死に働いてもすぐにお酒に変わっていた。今で言えば、アルコール依存症だったかもしれない。

家は農家であったから、母は母親の手伝いをよくしていた。

家の中では水道なんてまだない時代だったから、川に行き水をくんできたり、掃除やご飯の支度は当たり前の毎日だった。

近くに住んでいる親類から内緒で卵をもらうと、下の妹たちに食べさせていた。

そんなある日、母の母親が病気になり、寝たきりになってしまった。

病院に行くお金もなく、意識はあるが体が動けなくなってしまったのだ。

母の負担は益々増えた。病人の母親の看病、妹たちの世話、農作業、家事と毎日フル回転。

父親は相変わらずの飲んだくれで、お金は全て酒代になっていた。借金もあった。

しかしなかなか返すお金もない。

母の兄、姉は年齢が十歳程離れていたので、父親、母親の代わりに一生懸命働いた。

そのお金で父親のお酒の借金を返していた。

母は兄、姉のお陰で小学校に行くことが出来たが、帰り道に貧乏！　とイジメられ、石を投げつけられたこともあった。

学校の身体測定の時にはパンツを買うお金もなかったから、パンツをはかずに学校へ通っていた為、恥ずかしくてみんなの前で服を脱ぐことも出来なかった。

家に少しの生地があった時には、自分でパンツを作ったらしい。

貧乏でいじめられ、泣く妹たちの世話をやきながらの学校生活は、とてもツラかっただろう。

お弁当も持って行けず、お昼休みにはみんなが食べ終わるまで、外で待っていたそうだ。

中学まで進学し、その後東京へ集団就職。なりたかった職業はエレベーターガール。当時は誰しも憧れる職業だった。しかし現実は就職するにはとても難しかった為諦め、洋服の縫製会社に勤めた。

その後父との縁談話が出て田舎に戻り、父と結婚した。

母が十九歳の、若き年頃の時だった。

東京にいた時には付き合っていた彼もいたが、母の家が貧乏な為、お金とお米と引き換えに父のところへお嫁に行かなければならなかった。

母はまだ世の中を知らずに嫁いだのである。

母が嫁いだ時には、父の姉の伯母さん、祖母、曾祖父、曾祖母、使用人Aと、既に家族が多かった。

その中で母は貧乏の実家を罵られ、過酷な労働（田んぼと畑仕事）と家事、後に生まれた私たち三姉妹の面倒をみた。

祖母は体格が良く口うるさい。働くことが苦手だった。

伯母さんは教員で、結婚し一人娘をもうけたがその後離婚。後に産後うつとなり、生涯精神疾患のまま亡くなった。

伯母さんは生前、妄想、空想癖《ヘキ》があり感情の起伏もとても激しく、祖母と一緒に母をイジメていた。

あまりにもその光景が酷いので、父は隣町にもう一軒、二階建ての家を建てた。

当時は父、母、私たち姉妹と住む為に家を建てたらしい。しかし強い祖母の意向で叶うことはなかった。

後に伯母さんだけ、その一軒家に住んだ。

だが、泥棒が入った。誰か常に覗いている。自分が留守の間に私の両親が勝手に入ってくるなどと、近所中に言いふらしたり、トラブルも多く苦情がきた為、又私たちと一緒に暮らすようになった。

祖母は伯母さんを溺愛していた。六人兄妹の長女だからだ。その伯母さんを一時的でも追い出した父を、酷く激怒した。

しかしその矛先は母に向けられた。母が父をたぶらかし伯母さんを一人暮らしさせたと、思い込んでいた。

祖母は伯母さんが戻ってきてとても喜んだ。

両親はご近所さんたちにひたすら、

「ご迷惑をおかけしました」

と謝る日々が続いた。

伯母さんの病状は酷く、精神科の閉鎖病棟へ入退院を繰り返していた。

その送り迎えや着替え、洗濯も、全て母がしていた。

その嘆きを今でも私に話してくる。もう何十回と聞かされたであろうか…。

はけ口は少しずつ私に向けられていった。


数年後、やはり同居は難しいとのことで、父は家から左程遠くない場所、いつでも駆け付ける範囲内に平屋の家を建てた。

そこに祖母と伯母さんは一緒に住んだ。

しかし祖母の足腰が弱くなり歩くのも大変になったので、祖母だけ我が家に戻ってきた。伯母さんは又一人暮らしになる。

しばらく私たちも交代で様子を見に行っていたが、薬が合わなかったのか妄想癖《ヘキ》は酷くなり、誰も近付けないようになった。

そしてある年の七月、伯母さんが住んでいる家の近所の人から連絡が来て、伯母さんの様子がおかしいと言われた。私一人での留守番だったので、私が家まで様子を見に行った。

家に着くと雨戸と縁側の窓は大きく開けられ、中はとても散らかっていた。そしてその奥の方で伯母さんは倒れていた。

私は怖くて中に入れず縁側から、

「伯母ちゃん、伯母ちゃん！」

と声をかけた。しかし伯母さんは全く動かず返事もなかった。

その時の雰囲気が怖かったので、急いで両親に連絡し両親は、

「またか！　今度は何だ！」

と言って伯母さんの様子を見に行った。

伯母さんは既に亡くなっていた。

警察と救急車が来て現場検証が行われた。私の家にも夜遅くに警察官が来て事情聴

取。当時は殺人事件ではないかとウワサされたが、結局伯母さんの飲んでいた薬や通院記録、お金になる物は残されていたので、妄想癖《へき》が強くなり自殺をしたとの判断になった。

第一発見者は、私に電話をかけてきた近所の人だった。

その人の話によると、数日前から泥棒が入っただの、誰かが覗きにくると話をしていて、暑くても雨戸や窓をあまり開けようとしなかった。

伯母さんはいたたまれない最期を迎えた。

その日はとても蒸し暑く、猛暑日だった。

もう四、五十年前の精神科医療の話だから、当時は今と違って薬の限度もあっただろう。病名もあまりはっきりしなかったと思うし、薬も数少ない中からの処方だったと思う。

母は精神科というと昔のイメージしかない。だから私が精神疾患だと聞いた時には、相当のショックだったと思うし、伯母さんのような病棟を思い浮かべたに違いない。

祖母と母は犬猿の仲。祖母はとにかく母にワガママを言い罵った。近所でも有名な意地悪お婆さんで知られていた。

しかし母は祖母にどんなにイジメられても最期まで面倒を見た。祖母が寝たきりになり叩かれても、

「財布を取られた、この泥棒！」

と言われても歯をくいしばり介護をした。

それが当たり前だと思う時代だった。

祖母が亡くなった時、母は泣いた。それはどんな涙だったのだろうか。これでやっと長年の苦労から解放される。と思ったのか…。それとも本当の悲しみの涙だったのだろうか…。

それは今でも分からずにいる…。

第五話　親のエゴと三姉妹

私は三姉妹。一番下。上は年子で私とは少し離れている。そう言うと大抵の人たちは、

「一番可愛がってもらったでしょう?」

とか、

「一番ワガママに育ったんでしょう?　いいわね」

などと勝手に想像して言ってくる。

しかし我が家で一番可愛がられたのは長女である。

長女は生まれて間もなく祖母に取られた。それは長女の生まれた誕生日が、祖母の流産した子供と全く同じ日にちだったからである。

祖母と父は仲が悪いにもかかわらず祖母は母に焼きもちをやき、結婚初夜の日にはなんと、祖母を真ん中にして三人で川の字になって寝たそうだ。

母はどんなに屈辱だったであろう。そして父も相当怒りが収まらなかったと思う。そんな関係の中での初めての子供。祖母からみれば初孫である。異常な程溺愛していた。

祖母は母乳の出ないおっぱいを長女にあげたこともある。考えるととても気色悪い。母は産後おっぱいが腫れ、飲ませたくても長女に飲ませることが出来ず、泣く泣くおっぱいを手で絞り、そして乳腺炎になった。

最終的には長女が泣きじゃくるので母から母乳をもらった。その時の印象が強いのだろう。父と母は常に長女が可哀想だと言い、少しずつ成長していく長女をとても大切に、大切に可愛がった。

その後すぐに次女がお腹の中に宿る。

母は次女を流産させようと何度もジャンプを繰り返したり、家事や農作業を益々励みに仕事をした。

理由は聞いていないが、なぜそんな話を私にするのか不思議で仕方なかった。

私はそんな話は聞きたくなかったし、母親がそんなことをしていたことがとてもショックだった。

同情して欲しかったのか哀れんで欲しかったのか、どちらにせよ私には大きな心の傷の一部となった。

この話は今でも三姉妹の中で私しか知らない。

次女はそんな母の行動とは違い、五体満足の元気な産声をあげた。あまりに大きな声だったので、最初男の子と間違われたらしい。

しかし女の子だった。父は男の子が欲しかったのでガッカリしたが、女の子でも無事に生まれてくれたと喜んだ。

そして次女が生まれて四年後に母は私を妊娠。年齢も少し離れているので気持ちの余裕も少しあったと思う。

しかし生まれてみれば又女の子。父は男の子を望んでいたのでカンカンに怒り、退院するまで私を抱かなかった。顔を見ることもなかった。病院に一切訪れなかったのである。

この話も私だけが知っている。私はとてもショックだった。

私がこの世に生をもらったことさえも父は拒否したのである。ただ男か女かの違いだけで…。

そして母に違和感を覚えた。なぜこんなむごい話を私に話すのか、私が傷付かないとでも思っているのか…。

　私は又、隠し事が増えた。

　長女はとてもマイペース。近所に遊びに行くのも一人、小学校に行くのも一人、とにかく私と次女のことは殆ど考えてはいなかった。

　成績は常にトップ。上の上。運動は苦手でもズバ抜けて頭が良かった。

　それを気に入らない同級生がいた。

　その子は黒香。黒香は常に姉に付きまとい、手下を作り姉をイジメた。

　黒香の父親は学校の先生だった。黒香はおそらく家庭内で、長女より成績が悪かったことを叱られたのだろう。

　それから学習発表会の時は主役をしたかったのに、長女に主役を取られてしまった。それも許せなかった。そしてイジメはエスカレートし高校卒業まで続いた。

　長女はストレスからなのか、自分を守る術《すべ》を覚えたのか、「てんかん」のような発作を起こすようになった。

　もちろん病院にも行き検査をするが、全く異常なし。「てんかん」ではなかった。

　すると一斉に家族も先生も長女に注目し、可哀想と思い同情した。

長女は中学、高校と登校拒否を繰り返すが、両親は無理矢理学校には行かせなかった。多少休んでもすぐに自主学習で取り戻せたからだ。

長女は高校卒業後関東方面の女子大学に入学。そして大手有名銀行に入社した。両親は鼻高々で自慢の娘になっていった。

次女は頭も良く明朗闊達。美人でスポーツ万能。女子にも男子にもモテた。絵も得意で美術の先生には特に可愛がられた。

しかし家では正義感を振りかざす、少し暴れん坊だった。常にイライラしにらみつけ、自分の感情を押し付ける絶対的な父。母をいじめる祖母たち悪い奴ら。甘えすぎる長女。何もかも腹立たしく怒りで溢れていた。

中学で長女が倒れた時は次女も保健室に呼ばれ、保護者の代わりとなり一緒に早退した。

次女は高校こそは長女と別の学校に進みたかったが、「姉を守れ！」と父と祖母に言われ仕方なく長女と同じ高校に進学した。

朝早く起き母の代わりに朝食の支度をし、高校生の時は姉と自分のお弁当を作り、両親の言い付けを守り学校に通っていた。

私が幼き頃は私の面倒もよくみてくれた。

次女は思春期になると祖母とケンカばかりしていた。

「クソババア！」

と言い、祖母を蹴飛ばしたこともあった。

次女は母を守りたかった。母から認めてもらい、そして愛されたかった。そんな母は忙しいから一生懸命家事を手伝った。それでも誰も次女自身を見てはくれなかった。

次女はいつも長女の陰に隠れて長女を守ってきた。

そして意地悪ばかりする悪い奴らを許せなかった。純粋に母をかばいたいと思い、その矛先を祖母に向けた。

祖母は多少蹴飛ばされてもビクともしない。太っていて体格も良く荒々しい気性だった。体が重くて動けない代わりに口は達者。次女と口論する度母をもっと罵った。

次女は少しだけ自分の感情を外に出せたが、最終的には両親の言いなりになっていた。気持ちと体が伴わなくて苦しみ、早くこの家を出たいと常々思っていた。

高校卒業後、社会人二年目で恋をする。

そしてお腹に生命を宿し、二十歳で結婚した。

第六話　私の存在価値

私は小さい時は肌の色が白くてキレイな髪の毛でとても可愛かったらしい。母は今でも何度でも言う。それだけではない。「親の言うことを聞く良い子」だったから可愛かったそうだ。

親の都合が悪くなれば、

「言うことを聞かないから可愛くない」

と言われた。大人の身勝手さを見せ付けられた気がした。

私は両親の思うがままの操り人形、もしくはロボットだった。


私は母が大好きだった。いつも母の後を追いかけていた。

母が会社に行く前に車に隠れて乗り込み、ニヤニヤしながら母を待っていた。母は驚き、

「遅刻するから早く降りて！」

と言った。

洗濯物を干す母。その白い手。

掃除をする母。あちらこちらに動き回り忙しい母。私はいつも母を探していた。

母は私が生まれて半年後に、二交替勤務の製造会社に入った。入社してすぐに関東地方の本社工場で研修になった。

二ヶ月もの間乳飲み子を残して離れるのは、さぞツラかっただろう…と思いきや、祖母たちから逃れてほっとしたと言う。安堵さえして涙を流したそうだ。そして楽しくて帰りたくなかったそうだ。

私は子供が二人いるが、二ヶ月間も子供と離れるなんて出来ないと思ったし、何より母が私の寂しさを考えるよりも家の苦痛から逃れられ、楽しかった方が思い出となっていたことに、違和感を覚えた。

母のおっぱいは三人目になると殆ど出なくて、

「アンタはカスを吸っていたんだよ。先に生まれない方が悪い」

と笑って言われた。

農繁期の忙しい時には、泣き止まないから、隣のお婆さんに預けてそのお婆さんのシワシワのおっぱいを吸っていたそうだ。

私の中で衝撃が走った。私はこの世に生を受け生まれ立ての時には喜ばれても、父からは愛されず母からも仕事を優先にされてきたのだった。

両親は私に対する愛情を私に向けず、自分たちの都合の良いようにしてきたのだった。


私は何も知らず育ち小学生になった。

私は次女と二年間だけ一緒に通った。

塾も三人共三つ掛け持ちし、姉たちはどれも優秀だった。

姉たちは中学高校となり忙しくなった為、塾通いを辞めた。

私は一人で学校や塾に行くようになり、心も感じやすくなった頃、両親に、

「お前は何をやらせても駄目な奴だ。のろまで何も出来ない亀だ。三人の中で一番出来が悪い！」

と、毎日のように罵られた。

言われれば言われる程、私はそんなに駄目なんだ。と両親の言うがまま自分を追い

込み続け、どんどん自信をなくしていった。

授業で分かる問題でも手を挙げることが出来ず、下を向いていた。

そんな時にイジメの絶好のターゲットにされた。ボスの名は紫乃。私は今でも酷いトラウマになっている。

私は大人になり現在闘病中だが、紫乃に追いかけられたり無視をされたり、イジメを受けている当時の状況を今でも夢で見る。そのくらい恐怖心があったのである。

人数の少ない田舎の小さな学校でも、イジメはあった。

ランドセルを廊下に投げられたり、上履きを焼却炉に入れられたり、時には上履きの中に画びょうも入っていた。

机の中には綿ごみや残飯が入っていたこともあった。

私はみんなより朝早く学校に行き、上履きチェックや机の中をキレイにした。

忘れられないのは、マジックで机いっぱいに「死ね！」「ブス！」「学校来るな！」「クズ！　汚い！　臭い！」と書かれていて、泣きながら雑巾で一生懸命拭いたことだった。朝のホームルームのチャイムが鳴っても、私は拭き続けた。それを先生は見て見ぬふりをし、クラスのみんなはクスクス笑っていた。

耐えきれない程惨めな姿だった。

班替えをする時には、班長が好きな子から選んでいく。私は一番最後まで残り、私が入った班は「便所」というあだ名を付けられた。

時々教室に閉じ込められたこともあった。

同級生が虫を手のひらに乗せて私を挟みうちにしたり、背中に虫を入れようとしたり…。私は頭を抱え込んで耳をふさぎ、しゃがみ込んでただ泣くだけだった。

みんなが私に飽きて帰るのを、じっと待つしかなかった。


ある土曜日の日、白いTシャツを着てブラジャーを着けてこいと紫乃に言われ、私はこっそりと長女のブラジャーを着けその通りに学校に行った。

そしてコンクリートに寝かされ、その上からバケツの水をおもいっきりかけられた。

私は全身ズブぬれになった。それを見て紫乃たちはケラケラ笑っていた。どのくらい下着が見えるのか確かめたかったそうだ。

私はビシャビシャになり泣きながら家に帰った。

両親は仕事。祖母、叔母たちはのんびりテレビを見ていた。

私は家族の誰にも言えず泣きながら着替えをし、一人じっと屈辱に耐えていた。

当時私がイジメられていたことは両親には話せなかった。言える状況ではなかったし、何よりも長女も同時期にイジメられていたから、私どころの話ではなかった。両親は長女をいかに守るかで必死だった。

両親は私のことは何一つ分かっていなかった。

五年生の冬休み、下痢のような茶色いものがパンツに付いた。何度もパンツを洗い、いかに両親にバレないようにするか必死だった。五年生でお漏らしなんて絶対叱られる！　そう思い隠していた。

十日目くらい過ぎた頃、夜遅く次女が気付いた。私はもう駄目だと思ったが、次女は、

「何でもっと早く言ってくれなかったの？」

と意外な言葉が返ってきた。

それは生理だった。昔は教わるのは五年生の三学期頃だったから、私は何のことか分からなかった。

次女と私は両親の部屋の前で、少し深く長く深呼吸をした。

普段から会話らしい会話をしていなかったから、とても緊張していた。

次女が部屋の扉をノックした。部屋から母の、

「なんだ？」

の声が聞こえた。次女は私に生理がきたことを言うと父が、

「うるさい！　そんなことどうでもいい！　あっちに行け！」

と部屋の奥から父の怒鳴り声が聞こえた。母はただ小さい声で、

「分かった」

と言い、部屋から出てきてはくれなかった。

その後は次女からナプキンを渡され、着け方や捨て方を教わった。

次の日母はお赤飯を炊いてくれたらしい。しかし私の記憶の中では全く覚えていない。

覚えていたのは母が部屋から出てきてくれなかったことと、父の怒鳴り声だけだった。

その時から私は自分のことを「汚いもの」と思ってしまった。

第七話　私の衝撃と決定

私は中学生になった。

小学生の時は内気でイジメられていたが、中学に入れば新しい友達が出来る、私は変わろうと決意していた。

そして少しずつ自分が強くなったように明るく振る舞ったり、大きな声で話をしたりと自分なりに努力をしていった。

そして小学校の時にイジメていたボスは次第に影が薄くなり、私はもうイジメられなくなった。

中学入学後は楽しかった。あんなにイジメられていたが、中学に進めば新しい友達が出来る！　もういじめには負けない！　という強い気持ちがあった。

案の定、小学生の時のイジメッ子紫乃は目立たない存在になり、私は私なりに必死に明るく強くなった。時には男の子とケンカしたこともある。

理不尽なことをされて泣いた友達の代わりに、上級生に文句を言いに教室に行くこともあった。少しずつ（仮）の自信が付いてきた。

いつしか私は一部の不良仲間と仲良くなり、学校でタバコを吸うたまり場に集まったり、夜遅くに出かけることもあった。

家に帰りたくなくて、母や祖母の財布からお金を盗り、喫茶店で友達と過ごし帰宅時間を遅くしていた。

お金があればこそ、お金の力で友達を動かせることを知った。

私はキラキラ光る自分を見付けた。その時から少しだけ両親に反発出来るようになった。新しく生まれ変わったような自分に出会えた。

それは私にとって大きな（仮）の自信に繋がった。

しかしあくまでも（仮）の自信である。

初めて着けたブラジャーは、長女が使っていた黄ばんでしまったスポーツブラ。全くサイズが合わずかなり大きかった。母は、

「あんたは胸がぺったんこなんだから、まだ着けなくていい」

と言ったが、周りの女子全員ブラジャーをしていたから自分も欲しいと言ったのである。それを言うのでさえも、勇気が必要だった。

そして長女のお古、ガボガボのブラジャーをもらった。それでも嬉しかった。みんなと同じブラジャーを着けられたと、初めは喜んだ。だが見渡せばお古を着けている子は誰もいない。母にはこれ以上言えなかった。

そして盗んだお金で自分で買ったのである。

水着も姉のお古だった。直接着た時は少し大きいかな、くらいに思って着ていたが、プールに入ると水着が伸び肩ひもがズルリと落ちた。

私は自分で肩ひもを短く縫った。

次のプールの授業の時、その水着を着たが、一人の子が肩ひもを見て、

「どうしてここ縫っているの?」

と、はやし立てた。数人が私の周りを囲みひやかしてケラケラ笑った。私は、

「水着、新しいのを買いに行ったけど在庫切れで、お店に入荷するまで待ってるんだ」

と、とっさにうそをつきみんなと一緒に笑った。もちろんデタラメだからその後どうしようと悩んだ。

自信はやはり（仮）でしかなかった。

とても惨めな自分が、プールの水に反射していた。

私の気持ちとは裏腹に、プールの水はキラキラと、とても光っていた…。


そして中学三年生。輝かしい青春時代と思春期、それから反抗期…。

私は両親に秘密で高校の希望校を変更した。成績が多少悪くても入れる、近くの高校に決めた。自分の意志が出てきた。

三者面談の最後まで黙っていたので、先生から高校名を聞いた時の唖然とした母の表情。私は少しだけ勝ち誇ったような気がした。時期的にもう変えられない、ギリギリだった。

家に帰ってからは大変だった。父はもちろん母にも叱られた。姉たちにも注意された。

しかし今更成績アップさせる程、もう余裕はなかった。私の計算通りになった。

これでもう姉たちと比べられる必要もない。私は恐怖心でいっぱいだったが、ガンとして意志を曲げなかった。

そして高校入学。何の変哲もないごく普通の学校。成績のあまり良くない子やごく稀に頭の良い子、卓球部だけは強かったから、卓球を続けたい子たちは、この地元の小さな高校に入学した。

そんなある日、我が家に大事件が起きる。

次女の妊娠。

社会人になり母の役に立ちたい、母を守りたいと願い、家事と私の面倒をよく見てくれていた次女。一番しっかり者の次女。その次女の妊娠は、両親も私も衝撃を受けた。

次女はしっかり者であるが、いつも張り詰めたモノを持っていた。そんな時に知り合った彼だった。

就職して一年半。もちろん両親は反対した。

しかしその後、次女は家事と仕事の両立でストレスと過労により流産してしまう。

その光景は余りにも気の毒で見るに耐え難いものだった。

その数ヶ月後二度目の妊娠。両親は二十歳になるまで結婚は許さないと言い、お腹が大きくなっても籍も入れることが出来なかった。

そして次女が二十歳になり、小さな神社で身内同士で結婚式を挙げ、入籍した。

その後無事に出産。兄妹も出来たが、旦那さんによるギャンブルと子供たちへのDV、姑のイジメにより離婚。

次女は子供たち全員を引き取った。


次女が結婚し半年～一年過ぎた頃、長女が男の人を我が家に連れてきた。

長女は大学卒業後、某有名大手銀行に入社。その時に知り合った男性である。

長女は男性と一緒に同棲したいと言った。その承諾を得る為に両親に対面させた。

もちろん両親は激怒。しかし長女は断じて譲ることはなかった。

結婚する前に同棲し、お互いの全てを見極めたいと言った。

最終的に両親は、可愛い長女の話に承諾。

了承を得た長女は日帰りで東京へ戻った。


その後は大変だった。次女の妊娠、結婚で落ち着いてすぐに長女の同棲承認。父は色々な形で八つ当たりし、母は泣きじゃくる。

祖母は母の育て方が悪いと責め続けた。

凄まじい日々が続いた。


そして一番のろまで駄目な私が跡取りになった。

その時から付き合う人が出来ると、長男か次男か、家は農家か、相手の兄妹、家族構成、職業、どこに住んでいるのか…。有りとあらゆることを追求された。

こうしてまだ高校生で、しかも三女の私が家に残ることと、勝手に決められたのである。

私にはもう選択肢を与えてはくれなかった。

私は親の言うがままの操り人形になった。


私の歯車は狂い始めた。好きなこと、やりたいことは全て確認され、知らないうちに日記を読まれ、新しい下着を買えばそれはどこから出した下着だとか、こんな派手な下着を着て、一体誰に見せるのだとか…。

両親は私一人を集中して見るようになった。

玄関の近くには電話があった。その奥には階段があった。

父は私が友達との電話が終わるまで、階段の側でずっと立ち聞きしていた。そして電話を切った後、

「そんなに話をして、何の用があるんだ！」

といつも叱られた。

母からは、

「電話代をお小遣いから減らすからね！」

と言われた。

毎日毎日、その生きづらさの中で私は、息をひそめるように生活しなければならなかった。

酷い時には日記を読まれた他にもゴミ箱の中までチェックされ、友達とのメモのやり取りを書いた物や、うさ晴らしで書いてビリビリ破いた一部を読まれたりした。

またある時は、ケンカをして話をしなくなった同級生からのコーヒーカップを、燃えないゴミに捨てたのに、いつの間にか拾われ、自分たちの部屋のカップボードに飾っていたのである。

私にはもう、プライバシーも何もなかった。

両親はいつも私が心配だからと言って、過干渉になっていった。

しかし本当は両親が心配していることは、自分たちの目の届く範囲内にいつも私を置きたいこと、両親が私の全てを知っておきたいこと、私を信じてくれていないこと、姉たちのように家から出て行かないように監視することなのだと分かっていた。

第八話　両親①

社会人一年生。初めての仕事はエレベーターガールだった。これは母がなりたかった職業だ。

私は本当は保育士か作業療法士になりたかった。しかし自分のやりたいことを言える家庭ではなかった。

両親は安定した製造業にしろと言っていたが、私は人に喜んでもらえ、ありがとうと言われる仕事がしたかった。

少しだけそう話したらとても笑われた。現実的ではない、甘い考えだと言われた。

そして母からは、

「アンタはただキレイな服を着て仕事をしたいだけでしょ？」

と言われた。

私はそう思われていたことにとてもガッカリしたし、母はやっぱり私のことは何一つ見ていないし、理解していないのだなと改めて思った。

否定された私は仕事がなかなか見付からず考えていた時に、母からエレベーターガールの話を聞かされた。耳にタコが出来る程、毎日毎日聞かされた。まるで洗脳されているかのようだった。

そして最終的にはエレベーターガールになったが、結局一年足らずで辞めてしまった。

その後も仕事を転々と変えるが、長くは続かなかった。

一番長く続いたのはデパートの販売員だった。お客様目線で商品を勧めたり、時には自分で仕入れをする為に東京本社ビルに行くこともあった。

社会人になった私は少し自由になった気がした。仕事をしている間やその帰りは、家の出来事を忘れられたし、友達同士でご飯を食べたり、会社の飲み会があったりと世界が変わっていった。

門限は九時だったが守るはずもない。

母は毎日階段に、

「こんな子に育てた覚えはありません」

とか、

「寝て帰るだけの家ですか？」

と書き置きをしていた。母にとって私は「悪い子」になっていたのである。

ごく普通の社会人生活をしていただけなのに、両親からみれば「不良」だったらしい。

母の監督不行き届きということで、母は長年勤めていた会社を退職した。

その年の辺りには祖母は動けなくなり寝たきりになったので、母は近所の人たちには祖母の介護をする為に退職したと話した。しかし私には、

「アンタが不良になったからだ！　アンタのせいで仕事を辞めたんだ！」

と言い、私は責められた。

私の中で葛藤が起きた。跡取りという看板と、真面目に良い子で育ってきた自分×《タイ》新しい楽しい世界、自分で選択出来る世界と、心の中で常に戦っていた。

しまいに母は私を「グレ子」と罵り、

「小さい時は言うことを聞いてあんなに可愛かったのに…」

と口グセになっていた。


私が小さい時は放ったらかしで、話しかけると「うるさい！」と父に怒鳴られ、母

はかばうことなくサーッと逃げるか知らんぷりだった。

母は祖母と父から叱られるのが怖かったのかもしれない。でも私を守って欲しかった。

授業参観にも来て欲しかった。お弁当も作って欲しかった。風邪をひいて高熱を出した時も看病して欲しかった。自家中毒を繰り返した時も傍にいて欲しかった。

一番は生理がきた時、部屋から出てきて抱きしめて欲しかった。そうすれば私は「汚いもの」と思わずに済んだかもしれない。

それをしてくれたのは全て次女だった。次女が母親代わりだった。次女がいてくれなければ、私はどうなっていただろうか。次女がいてくれたから今の自分がいるのだ。そんなことは両親は一ミリたりとも考えたこともないだろう。

寂しい時、話をしたかった時に突き放し、私の自我が目覚めたら過干渉になり口うるさくなる。なんて都合の良い話だ。

いつしか私は家が怖くなっていった。家族が怖い。両親が怖い。そんな風に思うようになっていたし、気持ち悪いとさえ感じていた。

母は近所で仕事を見付けパートで働いた。その間趣味の日本舞踊に没頭した。

同じ頃父は母がいないと機嫌が悪く、お酒の量も増えていった。かなり酷いヘビースモーカーで、相変わらず仕事を家に持ち帰ってきてはイライラし、キッチンとリビングはタバコの臭いと煙でとても気持ち悪かった。

タバコの灰もその辺によく落としていたので、畳にはタバコの焼き印が残っていた。

祖母と父は仲がとても悪く、二人でいつも怒鳴り合いのケンカをしていた。

「早く死ね！　いつまで生きているんだ！」

父が言う。

「母親にそんなことを言っていいのか？　早く殺せ！　殺せ！」

と、祖母が言う…。

そんな毎日の中、私は過ごした。父と祖母の激しい罵り合い。それはこの世のものとは思えない程の醜い姿だった。

私は頭がおかしくなりそうだった。

父はテーブルの上の食器を手や腕全体でザーッと床に落とす。

ガチャッガチャン！　凄まじい音。

ちゃぶ台をひっくり返す。

恐ろしい目付き。まるで鬼のような形相。祖母は泣きじゃくる。

割れた食器を何事もなかったように、使用人Aが片付ける。

とても現実とは思えない状況。

そんな時母はいつも通りのお稽古でいなかったから、知らないことだった。

時に父は仕事のイラ立ちを色々な物にぶつけた。

特に印象的だったのは、私が帰宅した時両親の部屋の中が荒らされていたことだ。

タンスの中の着物や帯がぐちゃぐちゃに出されていたり、机の引き出しも出されひっくり返されていた。

私は泥棒が入ったと思い母に伝え、警察に電話をしようと言った。しかし母は、

「これはお父さんがしたことだよ。誰にも言っては駄目だよ」

と言って片付け始めた。

その姿はとても冷静だった。


私の気持ちは情緒不安定になり、こんな家庭は私の居場所じゃない！　どこかに行ってしまいたい！　と常々思っていた。

そして友達と相談し、アパートに二人で住もう、共同生活をしようと話し合いをし

た。

そして両親に話をした。初めは渋々顔だったが友達が一緒なら…と承諾してくれた。

私と友達はアパートを本気で探し良さそうな場所を見付け両親に報告した。すると

アパートに住むことを承諾してくれたはずなのに、突然父が怒鳴り暴れ出した。私は

恐怖でたまらなかった。

「アパートに住むならお前と縁を切ってやる」

と、今度は脅された。

姉二人は先に出て行き、なぜ私は駄目なのだろう。私にだけあれも駄目、これも駄

目と言われなければならないのだろう…。

私はもうこの家から逃れられないのだと、怒りがこみ上げてきた。しまいには母に

は、

「どうせ男を連れ込みたいだけなんでしょ?」

と考えてもみなかったことを言われた。

母の言葉に愕然とした。

私は完全におかしくなりそうだった。

第九話　敷かれたレール

父は我が家を新築した。薄暗くだだっ広い家は明るい家に変わった。

私は家を建て替える話など全く聞かされていなかったから、突然のことで驚いた。日にちを指定され急に荷物の片付けに追われ、両親の言われるがまま事が進んでいった。

私の部屋の壁紙やクローゼットの扉の形、部屋から吹き抜けに開く窓を提案されたが、その窓は嫌だと言った。それは絶対部屋の音や声が聞こえると思ったからだ。音楽を聴いているだけで文句を言われる。電話で話をしていると壁際に立ち聞き耳を立てる。酷い時には私が子機で話していると、親機の受話器から会話を聞かれる時もあった。

私のプライバシーは、殆どないに等しかった。

私は自分の意見を伝えた。しかし出来上がったのは私の意見を無視し、壁紙もクローゼットの扉も吹き抜けの窓も両親が決めた物だった。

やはり私の意見など初めから聞く耳はなかった。

ある日仕事から帰宅した時、部屋に入るとピンクのカーテンがかかっていた。母が勝手に決めたのである。カーテンくらいは自分で決めたかった。

確かに元々私はピンクが好きだったが、そのカーテンは大きな花柄で濃い目のピンク。それは母の好みだった。

私は常に母に見張られているような気がした。

ある日、夕飯時ビデオを見ようと突然父が言い出した。昔の家を録画した物で、懐かしく酔いしれたかったのだろう。

全て見終わったと思った矢先、一番最後に私の新しい部屋が映った。私が留守の間に父が勝手に入り、隅々まで録画したのだった。

なんて気色の悪いことだろうか。無言で撮った父を想像すると、吐き気と怒りがこみあげてきた。

私は嫌気が差してすぐに自分の部屋に行ったが、気持ち悪さと悔しさと両親の異常さに腹が立った。

怒りの涙が溢れてきた。

その日は突然きた。

ある秋の日の夜、両親から一枚のポラロイド写真を渡された。そこには目だけを出している、全身白い作業服を着た男の人が二人写っていた。その右側。

「明日お見合いだから」

と言われた。両親は私が断れないように、前日に言ってきた。ちゃんと計算していた。

私は何のことか訳が分からなかったし、相手にはもう私の写真を渡していると言われた。

頭の上にカーッと血が上る。次女にも相談したが、

「あの両親には逆らえないのだから、会うだけ会っておいで。嫌なら後で断ればいいのだから」

と言われ、ガッカリした。次女にだけは分かってもらえると思っていた。

お見合いなんてまるで私が結婚に焦っているみたいで嫌だった。私は結婚する気もなかったし勝手にことを進めた両親に、怒りをぶつけた。だが両親は、

「もう決まったことだから、会って嫌なら断っていいから」

などと言った。

私はこれでまた両親の言いなりになると、悔しさと悲しさでいっぱいになった。しかしその時点では断る勇気もなかった。とにかく両親が怖かったのである。付き合う男の人は自分で決めたかった。しかも結婚相手となると、余計に不安になる。

だがお見合いを勧められ、ついに両親の身勝手さはここまできたかと思った。

結局断れずお見合いをした。

しかし相手を見た瞬間、体中に電撃が走った。

「この人と結婚する！」

と初めて合ったのに懐かしさを感じ、そう直感した。相手も同じ気持ちだった。

お互い同じ気持ちだったから、三回目のデートで結婚式の日取りの話をし、色々二人で打ち合わせをした。

そして私は、一年も経たないうちにスピード結婚したのだった。

それが今の主人である。

田舎あるあるで、結婚するとすぐに子供が出来ると周りから思われていた。

両親から、子供の作り方を知らないのかとひやかされた。

母には体がどこか悪いのかもしれないから、婦人科に行くように言われた。

実の親からそんなことを毎日のように言われ、私はストレスで本当に生理不順になってしまった。

産婦人科に行き体を診てもらい、何でもないですよと言われほっとした。ストレスも体に悪いからなるべくリラックスするように…。と先生から言われ、涙が溢れ出た。

主人にも子供のことを相談したが、

「自分たちは付き合いが短かったから、まだ子供を作る気はない」

と言われてしまった。

両親と主人との間に挟まれ、私はストレスだらけの毎日を送っていた。そしてこのことは恥ずかしくて誰にも相談出来ず、一人でずっと抱えていった。

その二年後、男の子を出産。それから三年後に女の子を産んだ。

愛しい我が子の誕生。その時の記憶は今でもしっかりと覚えている。

第十話　両親の本音

母は祖母が亡くなってから、日増しに益々強くなっていった。というよりは本音を出し始めたのだろう。自分をイジメる「悪い奴ら」は、もう誰もいなかったからかもしれない。

母は子供たちに、

「私がお母さんだからね。あっちはチーママだよ」

と言い聞かせたり、夜泣きがひどい時は子供を渡せと無理矢理取られた。すると子供は泣き止んだ。

「ほーらね」

と勝ち誇った顔をし、ニヤリと笑いながら私を見た。

私は悔しかった。悲しかった。なぜ実の母からこんな屈辱を味わわなければいけないのか、たまらなく苦しかった。次女にもそっと話をしたが、

「だって実のお母さんでしょ？　まだいいよ。姑なんてもっとひどいよ」

と言われてしまった。

私の気持ちは誰も分かってくれなかった。

私は両親の前では泣かなかった。幼き頃からの癖で泣くことが出来なかった。もし泣いて訴えたとしても、

「そんなことで泣くなんて…。世の中にはもっと大変な人もいるんだから。アンタは嫁に行っても通用しないよ」

と、返ってくる言葉はすぐに分かる。言うことはいつも決まっている。

いつも何か言い返すと、

「アンタは実の親だからいいけど、お嫁さんだったらそうはいかないよ」

とか、

「アンタみたいな人は嫁に行ってもすぐに追い出される」

と、日頃から言われていた。

私は私を育てた両親のように、絶対に育てはしない！　と決意し、両親を反面教師にしていった。

子育てには主人も関わってくれた。オムツ交換、お風呂、遊びなど、かなり携わっ

てくれた。

私は日毎両親から嫌味を言われても、必死で子供たちを育てた。

買い物にもおんぶと抱っこや、手を繋いで連れて歩いた。

子供は目が覚めた時、母親の姿が見えないと、とても不安になる。恐怖でいっぱいだ。そのことを私自身が知っていたから、なるべく子供の思うように、かと言って甘やかせず時には叱り、愛情を注いだ。両親からは、

「甘やかしすぎだ！」

「我がままになる！」

「もっと厳しくしろ！」

と言われていたが、子育ては私がしっかりしたいと思っていた。


数年後、東日本大震災が起きる。


主人の会社も震災で打撃を受け、主人は関東方面へ単身赴任となってしまった。その間しっかり子供たちを守ろうと、私は益々気を張り頑張った。

子供たちの行事、役員、ママ友たちの交流…。気を張っていたので、何とかこなし

ていった。

しかし両親からは、学校に対しての不満や私に対する暴言、地区の役員の仕事。お前はまだまだ駄目だ！　と罵られていた。

どんなに努力しても頑張っても、両親からは非難されてばかりだった。それでも私は子供たちの前では絶対泣かないと決めていた。


祖母の十三回忌。身近にいる親戚だけで行おうと話し合い、主人にはこの日の為だけに帰省させるのは悪いからという理由で、少人数で行った。後にこのことで私と主人は言い争いになった。主人は、

「オレは家族じゃないのか？　法事なら休みを数日間取って帰ってきたのに！」

と言われた。

反対に両親からの気遣いの言葉を先に言われていたから、主人にそう言われて、

「ああ、その通りだな…」

と私は思った。

主人に責められていると感じた。

主人と両親の板挟みになり、私はツラくなっていた。

法事が無事に終わり、お寺に行った後全員我が家に集まった。近くに住んでいる叔父伯母、それから私の姉の次女とその子供たちが揃った。その時である。父が、

「本当は次女を残したかった。一番頼りないのが残った」

と、みんなの前で言った。

父にとっては何気ない一言だっただろう。母も同感だったから何も言わなかった。その場の空気が一瞬変わったが、すぐに違う話題になった。私はただ一人だけ、取り残された気持ちになった。

一体何の為に今まで我慢してきたのか、何の為に親の言うがままに跡取りになったのか、頭の中がぐるぐる回っていた。訳が分からなくなった。その場の雰囲気は壊したくなかったから、何事もなかったかのようにお茶碗を片付け始めた。そうするしかその場はしのげなかった。

私の中で一本の糸が切れた。

第十一話　心の変化

私と主人はケンカらしいケンカをしたことがない。それは主人に対して私がこの家に来てもらったという、罪悪感が常に付きまとっているからだ。

いつもお互い対等の目では見ていなかった。

他の人から見れば、三歩下がって歩く昔古風な妻に見えていたらしい。


主人は体格が良い。スポーツ万能で性格も職人気質で冷静。会話をするとズバッとはっきり話すから、私は従うことが多かった。

「アンタの話はオチがない。起承転結が分からない」

と言われていた。

言葉で押さえつけたり、時々「は?」というような目つきでにらむ。イラ立ち、そしてタバコ…。

時々昔の父と重なる時があった。

私は人と争うことが怖い。昔のイジメの記憶や両親と祖母たちのやり取りを見てきたから、私が我慢すれば良いと常々思ってきた。いつもその場の空気を読んで会話していた。

実際母からも、

「お前が我慢すればいい。そうすれば全部丸く収まる」

と言われていたので、その「言いつけ」を守ってきた。

主人は二十年以上勤めた会社を辞め、関東地方から家に戻り小さな会社に再就職した。

そこは酷いブラック企業だったが、年齢も再就職するにはギリギリだったし、子供たち、家業、家族を守る為我慢し仕事をしていた。

主人は男のプライドもあるから、転職するにはかなりの勇気も必要だったと思うし、その会社が想像以上に理不尽な職場なことにイライラしていた。

主人のイラ立ちはすぐに雰囲気で分かる。私はそれが切なかった。

月日は流れ、その時がきた…。

五月晴れの気持ちの良い青空。木々のすき間から木漏れ日が差し込んでいた。鳥の鳴く声。庭の花々も可憐に咲いていた。水仙、チューリップ、ポピー、マリーゴールド…。桜の花びらが散った後の庭の花々は、沢山の明るい色で華やかになっていた。

風はそよそよと流れ、田んぼの苗もかすかにゆれている。苗も光を浴び水面に反射してとても美しく、のどかな田舎の風景だ。

そしてテレビの音、コーヒーの香ばしい香り、両親と主人の笑い声…。

私は洗濯物を干しながら急に涙が流れてきた。

涙ぽろぽろ…。なぜ泣いているのか自分でも分からなかった。ただ私以外の人たちが一緒のテレビ番組を見、コーヒーを飲みながら笑っていることがたまらなく切なく苦しかった。

動悸が激しくなり口から心臓が飛び出るかと思った。頭から血の気がサーッとひいていくのが分かる。急に襲ってくる吐き気と下痢で、トイレに駆け込んだ。

いつも通りの雰囲気なのに、なぜ今日はこんな風になるのか、なぜ自分だけ家事をしなければならないのか、色んななぜ？　が頭に浮かび、涙が止まらなくなった。なのにリビングに行けば泣き止んでいた。また「クセ」が出ていた。なるべく普通に普通に…。ただそれだけを思い家事をしていた。

その頃から色々な症状が出始め、のどと声に違和感も出てきた。のどはいつも詰まる感じがし、水を飲み込むにも苦しかった。声はガラガラ声になり常に風邪を引いているようだった。

しかし本格的な夏がくると、症状は治まっていた。

そして同じ年の秋、また症状が現れてきた…。

第十二話　心療内科へ

私は家族に自分の症状を話せなかった。

声はいつもガラガラだから、夏風邪が長引いていると思っていた。

秋になると益々症状は悪化してきた。ママ友さんたちには心配されたり、時には真似をされ笑われることもあった。

息子は高校一年生、娘は中学一年生の時だった。


そしてそのまま年が明け春になった。

また五月。その日も五月晴れの気持ちの良い日だった。

その日は土曜日。子供たちはそれぞれ二年生になり、学校へ行き部活動で忙しくしていた。

両親は田植えを終えたばかりで農家のしばしの休息と言い、二人で出かけていた。

私は洗濯物を干している時に、また涙が溢れてきた。

どうして一人になると涙が出てくるのだろう…。そう思いながら普段の洗濯物とシーツを干していた。

その時次女から電話がきた。次女は愚痴を吐く為に時々私と電話していた。次女は次女なりに精一杯生活している。それを支えてくれる人が身近にいないので、こうして私に電話をかけてくるのだった。

私は普段から両親の愚痴を聞いているが、両親の嫌味や愚痴に比べたら次女の愚痴は全然平気だった。

が、この日は違っていた。

次女の話を聞いているうちに、こらえきれず泣いてしまったのである。

次女は普段泣かない私が泣くのに驚き、一大事だと言って次女の息子と共に車で家に来た。

「どうしたの？　何かあったの？」

と聞かれたが、私は泣くばかりで答えが出なかった。自分でもなぜ泣くのか分からなかったのである。だから上手く説明出来なかった。

次女は私がなぜ泣いているのか分からないと言うと、

「相当疲れてるんだよ。まず休みな。あとはやっておくから」

と、次女は残りの洗濯物を干してくれた。

私はソファに横たわり泣いていた。

しばらくすると私は気持ちが落ち着き泣き止んだ。次女は、

「更年期なんじゃない？　早く来る人もいるんだよ。無理しないで休みな」

と言った。私は次女にこの出来事は誰にも言わないで欲しいと、頼んだ。

しかし次第にガラガラ声も出なくなってきた。去年は治ったのに今年は症状が酷くなるばかりだった。そして胸の圧迫感があり、声を出そうとしても出なくなった。

私は苦しかった。声が出せないのはこんなに苦しいものだと、誰かに伝えたかった。

私は次女が言っていた通り更年期かと思い、両親には秘密にし隠れて婦人科を受診した。

カルテには「うつ」と書かれた。私は信じられなかった。そして数ヶ所の婦人科を探して通った。

最後に通院した病院の先生が、

「あなたの来る場所はココではありませんよ」

と言った。

声が出ないツラさは他に原因があるかもしれないと思い、耳鼻咽喉科にも行き念の為検査をした。すると声帯は異常なし。先生には「恐らくストレスによるものだと思うので、専門外来を受診することをお勧めします」

と言われた。

私はどうしても認めたくなかった。


大親友の桃にだけは相談していた。桃は県庁所在地に住んでいるので、色々な病院を知っていた。

そこで桃の勧めで取りあえず、漢方外来のある総合病院に行った。

この時には冬が過ぎ新しい年の三月になっていた。

体と心の異変が起きてから一年半が過ぎていた。

私は体の調子が悪化していったが、悟られないようにと必死に隠した。

四月に入り娘が修学旅行だったので、自分もわざとはしゃぎ、声が出なくても明るく振る舞い、心配させないようにしていた。

漢方外来では泣きながら自分の症状を話し、自分専用に漢方薬を調合してもらった。

家に帰り先生に言われた通り、水から漢方薬を煮詰めた。母には冷えを治す薬だと言った。すると母は、

「臭《くさ》い！　臭《くさ》い！　漢方薬に使った鍋はもう臭《にお》いが取れないし色も付くから、その鍋はもう使えないよ！」

と、嫌味を言われた。

私は涙をぐっとこらえ、無言で小鍋の漢方薬を見つめていた。

それを二ヶ月間続け、胸の圧迫感や動悸、吐き気と下痢は少し回復したが、声は戻らなかった。

そしてある日、心理テストをすることになった。

しばらく待っていると漢方外来の看護師さんたちがざわつき始め、慌ただしくなりこちらの方をチラチラ見ていた。

そして看護師さんから、急いで心療内科を受診するように言われ、漢方外来と同時に心療内科にも通院することになった。

私は本当の「うつ病」になっていた。

さすがにこの時点では、少し自分の病気を認めるようになっていた。何度も繰り返す症状と、のどと声の違和感が続いていたからだ。

そして心療内科の男の先生に今までの症状と、いつから体に異変が起きたのか、家族関係や今の自分の気持ちを聞かれた。

私は両親に対しての愚痴や過去の様々な出来事、イジメにあったこと、ツラかったこと、悲しかったことを話した。入院も勧められたが、子供たちや主人のことを考えると入院は避けたかったので、しばらく通院することになった。

だが、私の症状は回復しなかった。

薬の副作用でじんましんや過食になった。

病院の帰り道はただ泣くだけ。車の運転中だけは泣ける。しかし家が近づくと自然に泣き止んでいた。そうしなければ家族に病気がバレる、泣き顔は見せてはいけないと、常に思っていた。

ある日の受診日、心療内科の先生から、

「ここではもう無理です。精神科を紹介します」

と言われた。

限界だった。ショックだった。私はそんなに酷いのか。伯母と同じ精神疾患なのか、と思った。

もう家族には秘密に出来なかった。絞り出すように声を出し、今までの症状、経過、そして精神科に通うこと、全てを話をした。

主人はやや怒りのオーラを放っていた。受け止めたくなかったのだろう。両親は目をギョロギョロさせて、にらみつけるように黙っていた。

そして心療内科の先生から紹介状を書いてもらい、専門の精神科に通院することになった。

症状が現れてから三年目になっていた…。

第十三話　私の本当の病名

緊張しながら精神科を受診。私は受付の時から泣きじゃくっていた。

その姿は見るも無惨な姿だった。

しゃくりあげる程の大号泣。歩くことさえもままならずフラフラしていた。

病院には一人で車を運転して行った。

家を出るまでは気丈だったが、すぐに泣きじゃくった。今までの我慢を全て解き放った気がした。

もしかしたらもうこれで、何もかも我慢しなくて済むかもしれないと思った。

X先生が担当になった。紹介状とパソコンのデータを無言でしばらく見ていた。

私はただ泣くだけだった。

X先生の口がやっと開いた。

「入院しましょう」

と静かに言った。

私は少し覚悟をしていたが、

「出来れば通院がいいです」

と答えた。するとX先生は表情を変え、

「あなたじゃもう普通の判断が難しいから、ご主人に電話しますね。いいですね」

と言って、診察室から離れた。

数分後、

「ご主人の許可が出ましたから、入院しましょう」

と言った。私はまさか主人が承諾するとは思ってもみなかった。

そして私は入院の準備と家族への説明の為、三日間猶予をもらった。

買い物も全て一人で揃えた。

そして私は入院した。


一週間はただ寝て過ごすだけ。泣き続けるだけ。主人や子供たちと離れた自分への罪悪感でいっぱいだった。

食事ものどを通らなかった。

頭の中ではまだ訳が分からない自分がいたし、それと同時にもう我慢しなくていいんだという、ホッとした気持ちも少しずつ出てきた。

X先生はマメに部屋に来て、様子を見てくれた。

普通は一週間に一度の診察なのだが、時間を見付けては顔色を見に来てくれた。

徐々に今置かれている状況や、よっぽど重症に近かったということに気が付いた。

後に「双極性感情障害Ⅱ型」と診断された。

そしてあの動悸と吐き気と下痢、血の気がサーッと引く感覚、震えは「パニック障害」と知った。それと同時に「過敏性腸症候群」「失声症」と、病名が並んだ。

家族にも病名は伝えた。両親は何が何だか分からなくなっていた。そして世間体を気にし、周りにはどうやって隠そうか必死になっていた。

そんな状況にもかかわらず母は、私の声が出ないことに対して、

「あの方と同じ病気だなんて光栄だね」

と笑った。

「あの方」というのは、同じ時期に声が出なくなった、とある有名な方のことだった。

私は耳を疑った。娘が病気になったのに笑ったあの母の顔は、今でも忘れられない。

そして言葉は暴力として残り、トラウマになった。

私の病気の原因は、家庭環境や育ち方に問題があり、それが原因の一つだった。

その後、年に一度程、入退院を繰り返すようになった。

第十四話　悪魔か死神か…

入退院を繰り返しながら、自分の症状と向き合うようになった。

全身がだるくて重い。体は痛く背中にいつも何か背負っている感じがした。

時には黒い犬が足に噛みつき、重くて歩けない感覚。

常に背中が痛く頭痛もし、寝ている時には黒いゾウに踏まれているような感覚。

黒い人影が見えたり通り過ぎたり…。

巨大な黒いムカデが足下の周りにいたり、真っ黒い玉のような物たちが壁一面に現れたり…。

全て「黒い物たち」。妄想なのだが私には本当に見えていた。

仰向けで寝ていると金縛りになり、黒い人が私の上に乗り首を絞める手が見えた。

私は必死になってお経を唱えた。

それでも黒い人影は見えていた。

私は頭から布団をかぶり、またお経を唱えた。

その黒い人は誰なのか分からない。ご先祖様なのか、生き霊なのか…。とにかく怖くて仕方なかった。眠ることさえも出来なかった。

キーンと酷い耳鳴りと目眩。チカチカと目の前に光の線が見えた。

足が地面から離れ、空中に浮かんでいる。いつもフワフワと浮かんでいる感じがした。

頭の中では知恵の輪みたいな物がぐるぐる回る。時にはチェーンが絡まっていたり、酷い時には白い蛇が沢山頭の中にいて絡まっているようだった。

両親の異様な話し声。怒鳴り声。私のことをずっと話していた。亡くなった伯母さんに似ているとか、誰かに取り憑かれているのではないかとか、話が聞こえた。しまいには父は母の育て方が悪いと言い、母は逆ギレし、自分だけのせいではない！　と言う怒鳴り声が、二階の私の部屋まで筒抜けで聞こえてきた。

昔のことを思い出した。祖母と父がお互い罵り合ったり罵声が飛び交う。早く死ね！　だの、殺せ！　だの、いつまで生きているんだ！　だの、数々の罵声が頭から離れなかった。

父のイライラのはけ口。そしてヘビースモーカーで部屋中タバコの臭いと煙だらけ。その中で父は足で貧乏ゆすりをし、指でテーブルの上をずっと一定のリズムで叩いていた。

父のＤＶ。牛小屋に連れて行かれ、父の気の済むまで小屋から出してもらえなかった。

数々の暴言。両親の洗脳…。

ありとあらゆる物たちが目の前に現れては消え、また繰り返す。

絶望と恐怖と不安に駆られる。

私は何の為に生まれてきたのか、なぜこんな病気にならなければいけないのか、両親は何者なのか、家族とは一体何なのか…。

苦悩の日々が続いた。

でもその答えを見付けるのは、最終的には自分なのだと、Ｘ先生は教えてくれた。

たくさんの本も読んだ。自己啓発本、病気に関する本、薬の本、カラーセラピー、家相と風水…。

とにかく「何か」を知る為に気になることは勉強した。

特に家相と風水は気になり、リビングや玄関に観葉植物を置いたり、北東と南西には赤い南天を植え、北西には白い南天を植えた。

南天は難を逃すと、言われているからだ。

そして玄関には盛り塩。横には鏡。

キッチンのテーブルクロスはなるべく明るい色をチョイスした。

そして色についても勉強した。

なるべく青や紺、紫色の服は着ない。特に黒は選んではいけない。病気に負けそうになり、吸い込まれそうだった。

だから自分が服を選ぶ時、黒い服ばかりに目がいったら、自分で危ないと思って気を付けるようにした。


時には体が耐えられなくてゾンビのようになった。自然に顔も姿も変わっていた。

顔は皮膚が垂れ下がり、まぶたも落ち一重になり、殆ど目が開かなくなった。

背筋を伸ばしたり普通に歩けず、いつも腰の曲がったお婆さんのように歩いていた。

髪を振り乱し、階段を張って上る。時には歩くこともままならず、四つんばいになりトイレに行った。

ご飯を食べようと座った瞬間震えが止まらず、どうして良いのか分からなくなった。そして何もおかしくないのに、突然不気味な声で笑い出した。

寝ようと思っても眠れない。

体が痛くて動けない。

関節のあちこちが痛くなった。特に背骨は酷く痛くて寝返りも打てなかった。

呼吸も普通に出来なくて、ベッドの中でうなり続けていた。

無意識に壁を一定のリズムで蹴り続けた。その間、瞬きはしない。一ケ所を見つめる。頭の中は空っぽで真っ白になった。

そしてついに壁に穴を開けた。

お風呂に入ることも、顔を洗うことも、歯磨きも何もかも出来ない。気力がない。

何も楽しくない。好きな音楽さえも聴きたいと思えなかった。

喜びも感じない。ただ寂しさ、悲しみ、苦しみ、不安と孤独感に常に襲われ続けていた。

着替えることも出来ない。正確に言えば着替えたくもない。

出かけることも出来ない。人と会うのが怖い。レジに並ぶのが恐い。

ただ死ぬことだけ考えた。

いつ死のうか、どこから飛び降りようか。

車の運転中でも、無意識に赤信号を進み、大型トラックにクラクションを鳴らされ我に返った。

対向車にぶつかりたくなる。あの車じゃ駄目だ。中途半端だ。大型トラックならいいか。中央線を越えて正面衝突ならいけるか…。

時には両親を刺そうか、後ろから殴ってやろうか…とさえ思った。

いつもそんなことばかり考えていた。

X先生は治療しながら、

「人間はみな、素晴らしいのですよ」

と、いつも励ましてくれた。

特に意識したことはなかったが、私は普通の人以上に頑張り過ぎていたらしい。

家族との関係も滅茶苦茶で、育った環境も最悪。両親に抱きしめてもらった記憶もなく、

「言うことを聞け！　お前は駄目な奴だ！　オレの言うことは間違っていない！　世間知らずだ！」

と、ただただ罵声を浴びせられて大人になってしまった。

小さい時は多少愛されたかもしれないが、自我が目覚めてからは可愛くなくなったと言われたのである。

私はたくさんのフラッシュバックに襲われた。その度に両親を憎み、自分自身を憎み、罪悪感を持ち、絶望感で溢れていた。

第十五話　病棟と信頼

X先生の診察はとても分かりやすかった。私も素直に聞き受け止めることが出来た。

X先生は急性期病棟の個室を、看護師さんに指示していた。

急性期病棟以外には監視カメラがある。

私の伯母さんは何十年と監視カメラのある病棟にいた。

だから病気と症状を説明する為に両親を病院に呼んだ時、父は目が血走りギョロギョロし、母は監視カメラが必ずどこかにあると思い、あちこち探しながら歩いた。

病棟は白い壁で、入り口を入ってすぐに男女共同スペースのホールがあり、窓からは大画面の景色が見えた。

そこからの眺めは絶景で、山々が連なりその下には民家がある。川は流れ大きな桜の木が見えた。

空気が澄んでいる夜は、夜景がキレイだった。

空を見上げると広い大空があり、雲の流れ、風の吹く心地良さが感じられ、鳥のさえずりが聞こえた。

私はそのホールからの眺めが好きだった。

何も考えず雲の流れや川の流れ、車の走る流れをただずっとボーッと眺めていた。


X先生は私が頓服薬を飲むと、すぐに部屋を訪れ顔色を見、話を聞いてくれた。どんなたわいもない小さな話でもその都度聞いてくれていたので、私はとても気が楽だった。

私は他の人との距離感を取るのが苦手だ。近づきすぎてしまい自分も苦しんでしまう。それは家族からの過干渉の影響も大きかったと思うし、次女との距離も近すぎて共依存になっていた。

それを教えてくれたのがX先生だった。

X先生には大親友にも言えなかったこともすんなり言えた。正直に真っ直ぐに唯一伝えることが出来る存在だった。

その後カウンセラーさんが間に入ることになったが、そのカウンセラーさんと話をした印象がとても心地良く、第二の信頼出来る人となった。

今でも数年に亘りお世話になっている。

その後X先生は都合により退職したが、私はX先生が初めの担当の先生だったことにとても感謝している。

第十六話　感情と今日の点数

X先生がいなくなり初めのうちはかなりのダメージがあった。

少しずつ回復傾向にあったが、頼っていた先生がいなくなった病院は別の感覚があった。同じ病棟にいても何だか違って見えた。

X先生にはかなりの信頼と尊敬をしていた。


次の担当の先生はY先生に決まった。Y先生はX先生とは違う感じで、優しくとも怖い感じがした。体格の良さとメガネをかけているからだろうか…。いずれにせよ、かなりの警戒心があったし緊張もしていた。

しかしY先生はとても優しい先生だった。

「困ったことがあったら何でも言って下さいね」

と言ってくれ、私の第一印象とは全く違っていた。

それでもX先生のことは忘れられなかった。私の命の恩人だから、そう簡単には忘れられなかった。

いつも頭の端にいて、

「今日は十点満点中何点ですか？」

とささやいてくれているような気がした。

その自分の点数を目安に毎日過ごし、かなり点数が低いと思ったら頓服薬を飲んだ。

その点数で今も自分の状態を把握している。

私は双極性感情障害Ⅱ型なので、時々ハイテンションになる。ハイテンションの時こそ気を付けなければならない。自分の点数が六点以上の時は要注意。頭の中の回転が速く、何でもこなせるような気がする。

お店には怖くて行けないから、ネット通販でたくさん買い物をした。

家事もあれこれ出来る気がして、一度にたくさんの家事をこなした。すると両親は、

「なんだ。治っているじゃないか」

と思い込む。

そして次の日から「うつ状態」が数日間続いた。

Y先生にもだいぶ打ち解け、思っていること、家での行動や言動、両親の過干渉と束縛など、様々なことを言えるようになった。

Y先生は、

「いつも味方ですからね」

と励ましてくれた。

その言葉に救われた。

X先生もY先生も、私は二人の先生に出会ったお陰で、倒れては起き上がり、這いつくばっても立ち上がることが出来た。

そうしてY先生を信頼と尊敬し、現在も診てもらっている。とても有難い存在である。

第十七話　両親②

X先生の何度目かの診察の時、発達障害について少しだけ聞いた。

両親は発達障害だった。初対面で面会した時分かったらしい。

私の気持ちの安定の様子をみて教えてくれた。X先生は、

「きっと乗り越えられると思ったので、お話ししました」

と言った。そして私も発達障害グレーゾーン、愛着障害、依存症もあることを知った。

例えば光が眩しく見えたり、音に敏感だったり、それは現在言われている「繊細さん」にも共通する部分だ。

私は「繊細さん」についても勉強し、間違いなく自分は「繊細さん」であることを知った。

人の気配に敏感だったり、大きい音が苦手だったり、空気を読みすぎてとても疲れてしまう。

それから、他の人が気にせずに聞き流せることもいつまでも頭にモヤモヤ残っていた

り、他の人の何倍も傷付きやすいところがある。それが「繊細さん」と呼ばれている。他の人より敏感すぎる為に色々なことに気が付いてしまったり、感受性も強いので人に引っ張られやすい。

そういうことを家族に説明しても分からないようだ。両親に音や大きな声に敏感なことを説明した時は、

「なんだ！　そんなことぐらいで…。世の中生きていけないぞ！」

と言われてしまった。

それから「大人の発達障害」についても、少しだけ勉強した。

両親の共通点は、コミュニケーション能力、多動性、思い込みが激しい、人の話を聞くのが苦手、思ったことをすぐに話すなど、色々あることが分かった。

あーこれじゃあ仕方ないよな…。と、今までの育った環境や行動、言動を思い出し、そう思った。

しかし私の心の傷は治らない。未だに過干渉を続け、自分たちが一番正しく周りが変わっているという目線。それに合わせない、言うことを聞かない私が悪いと、私をずっと洗脳し責め続けてきた。

その洗脳のせいで私は、自己愛がなく決断力もない。人に左右されやすく常に顔色を窺う。色々な事柄や物、言葉に罪悪感を持ち続ける。一度傷付いたら忘れられず、ずっと自分を責め続ける。

そんな私になっていた。


そしてそんな両親を世間では「毒親」と言っていた。


「毒親」の両親もまた被害者でもある。両親も父、母から愛情をもらったことがなかった。

いつも誰かと比べられ、自分の気持ちとは真逆に期待に応えなければならなかった。

戦争後ということで食べる物を探すのだけで大変だったと思うし、兄妹が両親共に多かったから担当の我慢も必要だっただろう。

父は末っ子でも、せっかく入った大学を無理矢理退学させられ、家の為に必死で働いた。末っ子とはいえ、気性の荒い性格の祖母にはなかなか甘えられず逆らえなかったと思う。

母は飲んだくれの父を持ち、いつも貧乏。下着を買うことも出来なかった。

母も高校に行きたかったが母親が早くに病気になり寝たきりになった為、中学を出てすぐに働いた。

私の両親、共に「愛情不足」で育ったのである。

昔の話だからどこも同じような環境だったかもしれない。

両親は加害者と被害者、両方経験していた。


「愛情不足」の両親は、「愛情表現」もどうして良いのか分からなかったと思う。だから過干渉、過保護、突き放し、所有物として私たちを育て、自分たちの思い描いている、「言うことを聞く＝《イコール》良い子」として未だに思っているのである。

そして私は母から、

「アンタの子育ては失敗した」

と、言われた。

毒親は自分で気が付かなければ、いつまで経っても毒親でしかない。子供は犠牲者、被害者である。

今は反対に両親は私に愛情を求めてくる。愛情不足で育ったから、私を自分たちのいいように利用し、扱い、洗脳し、そして逃がさないようにさせた。

私も怖くて逃げられなくなってしまった。

正にこれが共依存なのだろう。お互いがどこかで、お互いの存在を認めたくなくても、お互いにぶら下がっている状態だ。

両親は私を一番駄目な失敗作と言い、からかいもて遊ぶ。そして私に劣等感を持たせ、自分たちよりも上に立たせないようにさせる。

しかし言葉では「もっとしっかりしろ！」「大人になれ！」と罵る。

そんな両親に対して私は怒りを持ち、時には同情さえ覚える。

それはやはり、もうこの両親を看取るのは自分しかいないのだと、心の中に植え付けさせられたからなのだろう。

そして覚悟を決めてアパートに住みたいと言った時に、父親に「勘当！」と脅されても家を出る勇気がもう一歩あったのなら、今とは少し違っていたかもしれない。

今形の上では、両親が上の立場にいるが気持ちは逆だ。両親は私に愛情を求め、母親役を求めてくる。

なんて都合の良い話なのだろうか…。

第十八話　みにくいアヒルの子

私は家に帰ると怯えて不安になり、緊張してしまう。

私の小さい時の家とは違うが、今の家は祖母と父がよくケンカをし罵声を浴びせ合った家だ。

そして母は私が結婚してからなぜか私に対してライバル意識を持ち、常々、

「アンタには負けたくない」

と言っている。

それから私に対して言葉や態度で、愚痴やイライラを八つ当たりしてきた。

今まで他の人や父に、良い妻、良い母と思われたくて自然にそうしていたのかもしれない。

私は幼い頃からずっと耐え忍び、母は少しずつ本音を私にだけ見せてきた。それはきっと母から見たら一番下の私を見下し、私を罵ることでうさ晴らしをしていたのだ

と思う。

そして祖母が亡くなってから、今まで隠れていた母の鬼の部分が現れてきたのかもしれない。

私は退院したら、毎回あの地獄のような家に帰らなければならない。

しかしいつか時期がきたらリフォームをし、誰でも気軽に来られ、家族同士でも和気あいあいと出来るようにしたいと思っている。

それは夢で終わるかもしれない。が、私の生きていく為の原動力にもなっている。


私はママ友さんたちにも、必死で合わせようと頑張ってきた。

特に主人が単身赴任でいなかった時に、地区の役員や学校の役員、部活の役員といくつもかけもちして頑張った。

子供たちが恥ずかしい思いをしないように、また、暗くならないように私は明るく振る舞い、偽りの自分を見せ続けてきた。

ある日病院の先生が、「みにくいアヒルの子」の話をしてくれた。

私はアヒルでみんなと同じ白鳥になりたいと頑張った。しかし頑張り度合いがそれぞれ異なる。

簡単に白鳥になり悠々と飛ぶ白鳥のような人もいれば、少しの頑張り次第で白鳥になれる人もいる。

私はアヒルだった。アヒルで本当は出来ないこと、苦しかったこと、頑張り過ぎたことがパンクしてしまい、病気になってしまった。

みんなと同じ白鳥になれると信じ、みんなが八〇％の力で白鳥になっても、私は一〇〇％以上、更に力を出し過ぎてしまった。

先生は、

「アヒルはアヒルでそのままで可愛らしいのですよ。アヒルにも良いところがたくさんあるのですから、無理に白鳥にならなくても良いのです。無理に頑張りすぎたから苦しくなり、病気になったのですよ。今はもうアヒルのままで良いのですから、ゆっくり休みましょう」

と言ってくれた。

私は白鳥になれなかった。それがやっと分かった。

私は「繊細さん」でもあるから、人より敏感に反応しやすい。音や気配や、他の人の感情に引っ張られやすい。

だからいつもビクビクと怯え他人の顔色を窺い、自分優先になれず他人優先にしてしまう。

それは私にとってとてもツラく疲れてしまうことだ。恐らく他人の三倍以上は、過敏に反応していると思う。

だからみんなが何でもないことでも、私一人だけ強い緊張感、不安感、恐怖感に襲われるのだろう。

それに加えて両親の言動や行動、育った環境で苦しみ、白鳥になりたかったけれどなれないままの「アヒル」だったのだ。

でも先生は、

「アヒルでも一生懸命生きている。頑張っている。羨ましいと思っている人もいるかもしれない。それをちゃんと認めてくれる人、見てくれている人もいるのですよ。アヒルはアヒルのままでいい。だからアヒルの自分を認め、自分自身を愛しく思いほめてあげましょう」

と言ってくれた。

私は必要以上に限度をこえていた。

本来なら私は人間が好きだ。だから仕事も人と関わり合う仕事を選んできた。他の人から「ありがとう」と言ってもらえることが、とても嬉しかった。もしかしたらそういう事で、自分の存在価値を認めてきたのかもしれない。

しかし今は違う。人が怖い。人付き合いが苦手だ。それでも誰かの役に立ちたいと常に思っている。あわよくば、自分のような人を助けることが出来る人になりたいと思っている。

だから心理カウンセラーのオンライン講座も受けてみた。自己啓発本や心理学の勉強をしてみた。

しかし私は、自分が思っていた以上に未熟な人間だった。自分で自分のことを救えない者が、どうして他人を救えるだろうか。

だが少しでも出来る限り、自分が出来ることは言葉で伝えていきたいと思っている。

病気になって早十年。私はすっかりオバサンになってしまった。

それでも両親は今も尚、私を「所有物」だと思っている。それは鎖で私を縛り続けることで、自分たちが優位に立てる手段の一つだと思っているからだ。

この課題から抜け出すのは非常に難しい…。

みんな「好き・嫌い」がある。その中でも「好きだけど許せない」とか、「嫌いだけど離れられない」という人も多いと思う。私もその中の一人だ。

先生から、

「嫌いなことは無理に好きに変えなくてもいいから、いつかご両親に感謝出来る日が来ると良いですね」

と、言われた。

この課題も今のところ、私には非常に難しい…。

生きているとたくさんの困難にぶつかる。

でもそれを乗り越えられるのは自分だけである。両親を恨み続けても、何も変わりはしない。頭では理解している。

私はいつでもどんな時でも両親に、特に母親に愛されたかった。私を愚痴のはけ口としてではなく、常にありのままの私自身を受け止めて欲しかった。

聞きたくないこともたくさんあった。言われたくないこともたくさんあった。私自身を見て欲しかった。

率直に「大好きだよ」「傍にいるからね」「愛してるよ」と、抱きしめて欲しかった。

私は愛溢れる家庭で育ちたかった。


誰しも心の中に「穴」があると思う。その「穴」も自分だと認めてあげないと、いつか私のように一本の糸が切れてしまうかもしれない。

幼い頃から張りつめていた糸…。もしもその糸が切れてしまったら、迷わず誰かに助けてもらった方がいい。

世間体も気になるかもしれない。

しかし糸が切れてしまったままでは、想像以上に苦しくて自分を責め続けてしまう。

どうか苦しいと、助けて欲しいと叫んで欲しい。何も恥ずかしくはないのだから…。

第十九話　暗闇と罪悪感

幼い頃から人の顔色を窺い、父親の威厳に従い、父親の満足のいくように振る舞う。また母親の機嫌を窺い、「大好きなお母さん」に嫌われないようにお手伝いをしたり、暴言を吐かれても我慢し続けてきた。

それらが積み重なり、過度の緊張が当たり前のように体にしみつき、そして両親に嫌われたくない、ほめられたい、私を見て欲しい、存在価値を認めて欲しいと、出来が悪いながらも一生懸命頑張ってきた。

不安と恐怖心に押し潰されそうになってきた。

しかし両親は、本当の私を見てはくれなかった…。

それでも私は同居を選んだ。それは主人がいてくれたことと子供たちの存在が大きかったからだ。主人と子供たちが私の居場所を作ってくれた。

友達からは、そんなに苦しいのだから別居したら？　と言われる。別居すれば私の病気も回復する可能性もあるかもしれない。

しかし別居した後が怖いのだ。恐らく父は認知症になり、母に暴力や暴言で責め立てるだろう。

母は私が入退院を繰り返している途中で、

「こんなこと言いたくなかったけど、黙っていようと思っていたけど、ロープを持って車に乗って自殺しようと思った」

と、病気の私におどしてきた。こんな言葉を普通は、精神疾患で入退院を繰り返している娘に対して平然と言えるだろうか。

それが本気なのかウソなのか、ただのおどしなのか…。それは母にしか分からない。

私は半分以上おどしだと思っている。

だが私はそんな母からも怖くて離れられないのだ。

もし母が自ら命を絶つようなことがあれば、私は一生罪悪感でいっぱいになり、病気も悪化するだろう。

そして父からも姉たちからも恨まれてしまうだろう。

結局一番八つ当たりしやすい私を傍に置き、両親は自分たちが優位に立ち、幸せ家族を世間に見せ付け思い通りに生きていく。

両親の思うツボになってしまった。

それは私が一番よく分かっている。


私にはリセットの時間が必要だ。それは何も考えずに頭を休めるということだ。音のシャットアウトも必要だ。しかし現実ではなかなか難しい。

家にいる時は両親の他者に対する悪口、私を大きな声で呼ぶ声、両親の大きな足音、両親の大きな声での会話…。私にとってこの世界はとても苦しい。過去のトラウマを、更に思い出させてしまう。

そのことをいくら両親に伝えても、全く理解してくれない。人の話を理解出来ず思ったことをすぐに口に出す。悪口とは思っておらずコミュニケーションだと思っている。

だから今まで私に対して言い放ってきた言葉も、両親からしてみればごく普通のことなのだろう。

そして私は一生今の現状から逃れられないのだろう。数ヶ月は家で過ごし、リセットする為に病院に入院するのだと思っている。

病院のホールからの景色は季節ごとに変わり、私をとても癒してくれる。

病院は高台にあるからここの景色は素晴らしく見える。精神的に弱っている私たち全ての患者の気持ちを、リセットさせてくれる。

大きな桜の木がある。看護師さんも他の患者さんたちも、桜が満開になるのが待ち遠しい。しかし私は病気になってから桜を見ても、美しいと思えなくなってしまった。

時には涙さえ流すこともある。

それを知られないように病院でもなるべく普通に…。と考えてしまう。それはもう両親からの洗脳で昔からのクセになっている。

桜はキレイに見えなくても、連なる山々や川の流れに癒される。そして静かな夜景…。

夏は夏で新緑が素晴らしい。青々と茂る若葉は勢いが良く、強く勇ましく見える。そこに川の水が流れキラキラ光る。とても美しい。時々蟬の鳴き声が聞こえのどかな景色だ。

そしてそこに雨が降ると、それはそれで風情があり私は好きだ。

殆どの人たちは天気の晴ればかりを求める。確かに晴れの方が気分も高揚し、その日一日中気持ち良く過ごせる。

雨は涙を誘う。部屋にこもり普段出せない感情や抑えきれない感情、苦しい感情を出させてくれ、泣いてもいいんだよとささやいてくれている気がする。

秋は山々の紅葉が素敵だ。山脈がとてもキレイキに彩られ、鮮やかに見える。

秋が苦手という人も多いが、私は秋が一番好きだ。

天高くなる青空と白い雲。その雲を風が優しく吹いて色々な形に変え、あちらこちらに流してくれる。川の流れもゆったりと見えるから不思議だ。

冬到来。大体殆どの人たちが嫌がる季節だ。だがとても寒いけれど雪景色も最高に煌めいて、美しく輝く日もある。

そんな一日の終わり、太陽が沈む頃、白い雲が茜色に変わりそれもまた乙《オツ》である。

夕日は寂しさを誘う。だが私は昇る朝日よりも沈む夕日の方が好きだ。

じっくりと部屋の窓から沈む夕日を見つめていると、嫌なことや嫌な音、聞きたくなかった話など、全てを包んで夕日が持ち去ってくれる気がする。

そして、

「今日も一日、よく頑張ってきたね。我慢しないで泣いてもいいんだよ」

と、優しく呟いてくれているような気がする。

しかし家ではそんな悠長な気持ちにはなれない。いつも気を張りビクビクしながら過ごしている。

いつしか私は「大丈夫」という言葉がクセになっていた。そう言うしかなかったからだ。

本当は心も体もボロボロ。もし今通っている病院がなくて行き場を失い、別の病院に行っていたとしたら、担当の先生やカウンセラーさんとの相性でまた、苦しむかもしれない。

違う処方の、もしかしたら今より強い薬を出されていたかもしれないし、薬の量も、もっと多かったかもしれない。

人生の選択は難しい。私がもしこの病院を選んでいなければ、もしX先生やY先生と出会っていなければ、最悪の結果になっていたかもしれない。

きっと他の人たちも「大丈夫」が口グセになっている人もいるだろう。

しかし、きちんと自分の気持ちと向き合って欲しい。それは本当の心からの「大丈夫」なのかどうか…。

私のように波風立てたくなくて「大丈夫」と、言っているだけかもしれない。もしくは周りに心配かけたくなくて、「大丈夫」と言っているのかもしれない。

心の声を聞き、自分で抑えつけていると、体に支障をきたしてしまう。だから無理に、「大丈夫」と言わなくてもいいと私は思う。


私には罪悪感が常に付きまとっている。それはいつからそうなってしまったのか分からないが、気付いたら言葉で発するにも行動を起こすのでも罪悪感にさいなまれてきた。

罪悪感はちょっとしたことでも残る。他の人が全く気にも留めないことでも、私にとっては逐一残ってしまう。

それは自己肯定感があまりにも低いことと、不安と恐怖心が他の人よりも強いことからきているのだと思う。

きっと世の中には同じように思っている人が、たくさんいるだろう。

だが最近感じるようになったことは、自分一人だけ常に罪悪感がある人でも、他の人は自分が思うよりもずっと気にしていないということだ。

それから怒りの感情やイライラの感情を持っていても良いということ。

私はあまり怒らない。これは自慢ではない。小さい時からの両親の教えの一つ、喜怒哀楽を出すな！　ということだ。

自我が目覚め始めた時は、反抗期があった。しかしその反抗期も中途半端に終わってしまった。

それから怒りの感情やイライラすること、それは自分に対しての罪悪感に繋がってしまったのである。

しかし、人間だからこそ持っても良い感情だということに、ようやく気付き始めた。

そうすることで今まで遠慮して言えなかった言葉を、少しずつ言えるようになってきた。

それはある意味、自分自身を受け入れ始めた証拠なのかもしれない。

どんな感情を持ったとしても、それは「私」なのである。

第二十話　思うこと

精神科に通っていると言うと、イメージが悪かったり隠そうとしたり、または精神疾患者に関わらない方が良いと思う人もいるかもしれない。実際に精神疾患の人から、夜中に何度もラインがきたり長電話になったりして困ったという人の話を聞いた。

しかし精神疾患はいつ誰がなってもおかしくない病気である。今は現代病の一つで、小学生から不登校になり、うつ病になる子供もいる。その時家族はどう対応するだろうか。

隠し通そうとすればする程、その子供にはプレッシャーになるかもしれない。かと言って拡散して欲しい訳でもない。

とにかく少しでも普段と違うと思ったら、心療内科でもいいし精神科に連れてきて欲しい。

自殺者も多い。子供の自殺も多くなっている。言葉で「死にたい」と訴えられる子供は、まだ早めの対処で救われる。問題なのは言葉に出来ない人が多いということ。

これは大人も子供も同じだ。

普段から大人しいとか、笑顔で挨拶してくれて、悩んでいる様子が見えないとか、いつも元気で真面目だとか、そういう人こそ要注意だと思う。苦しくても明るく振る舞い、周りに迷惑をかけてはいけないと、常に思っている人もそうだ。

そういう人たちは真面目過ぎて優しすぎて、自分のことより常に他人の事を考えている。

自分の感情のコントロールが上手く出来ず、自分自身を更に追い詰めギリギリまで我慢している。誰にも気付かれないように…。

そして少しでもいつもの自分と違いおかしいと感じたら、すぐに心療内科や精神科を訪れて欲しい。

「うつっぽい」の段階で治療すれば、自ら命を絶つことも少なくなるだろう。

それを通り越してしまうと、本当の「うつ病」になってしまう。

うつ病患者は自分がうつになっていることに気が付かない。気付けない。そして自分を追い詰めエスカレートし、最後の最後まで頑張ってしまう。張り詰めていた糸が切れてしまう。

だからその前に、周りの人たちが声をかけて欲しい。その声かけも「大丈夫？」と聞いてしまうと、「大丈夫だよ」と恐らく返してくるだろう。だから「大丈夫？」ではなく、「この頃顔色が悪いよ」とか、「食欲ないの？」とか、親しい間柄なら抱きしめたり、手を繋いであげて欲しい。それだけで救われることもあると思う。

あなたは自分自身を大切にしているだろうか。

人間関係はとても難しい。親子でも友達同士でも他人であっても、距離感が必要だ。それが特に身近な人であればある程、自分が不利になる場合もあるし、想像以上に言葉でも傷付いてしまう。だからこちら側も、少し距離をおいて付き合った方が良いと思う。

それから、自分自身を否定せず卑下しないことも大切だと思う。

友達や上司、大切な人にしてあげるように、自分に対しても大切にしてあげると、気持ちも楽になるかもしれない。

最初のうちは自分にご褒美をあげることは贅沢だと思い、罪悪感にさいなまれるかもしれない。でもあなたは、本当はそれだけの価値のある人なのだ。

自分の存在価値を低くしないで欲しい。

存在価値の低い人は、自分に対して知らないうちに頑張り過ぎたり、自己否定をしてしまう。

私も実際その中の一人だ。

他の人には優しく出来たり温かい気持ちになれるのに、一番大切な自分はおろそかにしてしまっている。

もし私も自分に対してもっと優しく出来ていたのなら、病気も軽く済んだかもしれない。

そしてどんな時も、どんな状況であっても、自分を認め受け止めていたのなら、少しは違っていたかもしれない。

第二十一話　伝えたいこと

私は病気になったことは、少し良かったと思っている。信じていた人の本心、両親との信頼関係、両親の本音を知ることが出来た。

また、自分が病気になったことにより違う世界が見えた。そして自分自身を振り返り、今は自分に立ち向かっている。

病気は苦しくてツライ。いつまで続くか分からないし、一生回復しないかもしれない。それでも今の自分をしっかりと受け止めて自分を大切にしてあげる、自分の本心に耳を傾けてみることが必要だと思う。

傷付いてボロボロになった心の穴も、トゲだらけになってしまった穴も、最初は誰かの力を借りて助けてもらっても良い。だが最終的には、その穴のほころびをチクチク縫い続けるのは、自分しかいない。

最近のあなたはどうですか？
仕事は楽しいですか？
友達と連絡を取っていますか？
ツライ時にツライと言えますか？
楽しいことはありましたか？
食事は美味しいですか？
眠れますか？
自分は無力だと思っていませんか？
自分を追い詰めていませんか？
死にたいと思ったことはありませんか？
自分に優しく出来ますか？

世の中には声に出せない人たちが沢山いる。だからふとした変化に周りは気付いてあげて欲しい。
うつ病患者はうつになったことを認めない。だから病名を言われた時に、周りが想像する以上に絶望感に満ち溢れ、更に自分を追い詰めてしまう。

自分は他の人に迷惑をかけてしまう、自分がこの世にいてはいけないと、自分自身を責め続ける。

だからしばらくは休む時間を作ってあげて欲しい。


誰かに助けてもらいたい時は、思うがままに声を出して欲しい。もし胸が締め付けられ声に出せない時は、紙に書いて誰かに渡すだけでもいい。

声を出す事さえも出来ない人もいるかもしれない。そんな時は、

「あなたは大切な存在だよ」

と、抱きしめてあげて欲しい。


心の中は穴だらけ。ちぎれ過ぎて今にもバラバラになりそう。でも誰かの一言で穴が大きくなることを防げるかもしれない。

その一歩を手助けしてあげて欲しい。

「あなたの存在は大切」

「泣いてもいいんだよ」

「あなたは一人じゃない」

「あなたの代わりは誰もいない」

「あなたがいなくなってしまったら、悲しむ人たちがたくさんいるんだよ」

こんな風に、心に安らぎを与える言葉を伝えてあげて欲しい。


最終的にはその人の存在価値を認めてあげること、一人ぼっちではないということ、本当の感情を出させてあげることが必要だと思う。

日頃から飲み物や一口チョコなどをさり気なく、「お疲れさま」と言って差し出してもいい。それでその人の気持ちが、ほんの一瞬でも安らぎを覚えるかもしれない。

そしてその人が浮かない表情をしていたら、ため息の数が増えていたら、あなたの優しさで抱きしめてあげて欲しい。手を握ってあげて欲しい。

それが本当の「手当て」なのだから…。

私は今日もホールの窓から、外の景色を眺めている。

薄い水色の空、広がる雲たち。その雲の流れをいつものように静かに見ている。

雲はくっついたり離れたり、どこまでも流れていく。

冬景色になると、山々の連なりの向こうにはスキー場が見える。その滑走路がとても美しい。
川は相変わらず静かに流れ、橋を往来する車がゆっくりと走っている。
葉のない木々たちも日差しに当たり迫力がある。
私はその景色をゆったりと見ている。
ブラックコーヒーと二つの一口チョコ。
体を椅子に任せ静かな光景の中、涙を流している…。
私の安らぎの時間…。

そして、今日も私は生きている…。

おわり

著者プロフィール

望月　とおこ（もちづき　とおこ）

1971年岩手県生まれ。
高等学校卒。
趣味：読書、音楽鑑賞、カラオケ。

わたしの中のトラウマ

～双極性感情障害の生い立ちと記録～

2024年５月15日　初版第１刷発行

著　者　望月　とおこ
発行者　瓜谷　綱延
発行所　株式会社文芸社
〒160-0022　東京都新宿区新宿１－10－１
電話　03-5369-3060（代表）
03-5369-2299（販売）

印　刷　株式会社文芸社
製本所　株式会社MOTOMURA

ISBN978-4-286-24923-0